センチメンタルジャーニー

ある詩人の生涯

北村太郎

草思社文庫

センチメンタルジャーニー

センチメンタルジャーニー　目次

第一部

1　幼少年時

一生の記憶の始まりが幾歳のころなのかは人によって異なるだろうけれど、わたくしの場合はずいぶん遅くて、小学校へ入る直前、つまりかぞえ年で七歳のころのことを、それもうっすらと覚えているにすぎない。このことをある女の友だちに話したら笑われてしまった。そのひとは三つくらいのときの記憶が初めてだといって、わたくしの遅すぎる原初記憶は、こちらの脳に欠陥があるせいではないのか、というのだ。ほかの友だちのだれかれに訊いても、三、四歳のころのことをよく覚えているものが多いから、たしかにわたくしの記憶装置には生まれながらにして大いなる欠陥があったのかも知れず、しかし生得のものとあれば嘆いても詮ないことである。

かぞえ年七歳というと一九二八年（昭和三年）で、この年の秋に昭和天皇の御大典、すなわち即位の礼が盛大に祝われたのだが、当時の東京市電だったか玉川電車だったかの花電車を、父に手を引かれて見物に行ったのが、わたくしのいちばん古い記憶なのだ。たぶん双生児（ふたご）の弟もいっしょだったろうが、夜の闇のなかで、遠くからいやに明るい電車がゆっくり近づいてきて、ゆっくり去るのを、驚きながら見つめていたように思う。でも、細かいことはまったく覚えてなくて、ただ光のかたまりみたいなものの通過と、「ごたいてん」という音（おと）のことばを、なんとか脳細胞の隅にとどめ置いているにすぎない。

花電車が原初記憶とすれば、第二の記憶は人力車だろうか。小学校に入ったのは一九二九年（昭和四年）で、一年生から三年生までの低学年のころ、わたくしは真夏や真冬によく大熱を出し、近くの医者の厄介になった。人力車は、そのかかりつけの医院の玄関脇にでんと置かれていたのであって、母に連れられてそこへ行くたびに、それは幼い目にたいそうおごそかな乗りものとして映ったはずである。往診を頼めば、むろん医者は車夫に引かせた人力車でやって来た。昔のことだから道は舗装されておらず、雨の日や霜の降りた日は泥んこだったにちがいないが、医者は長靴で歩いてくるようなことはせず、必ず人力車に乗って、悠然とやってくる。その時代のドクターの威厳の象徴が人力車だったのだろう。

どちらにしても、この記憶は小学校になってからのもので、その時分のほかの記憶同様、甚だしくきれぎれで、輪郭が滲（にじ）んでいる。原初記憶が並みより遅れているうえに、それが断片的というのはどういうことだろう。兄が二人いて、わたくしたち双生児は末っ子だったから、格別両親や兄たちの愛情が深く、いつくしまれて育ったせいかとも思う。繭のような柔らかくて暖かいものにくるまれ、さしたる刺戟も受けないで、幼い日々をのんびり過ごしてきたにちがいないのだ。そして、それには当時住んでいた家の周囲——田舎めいた自然の環境とも関係があろう。

*

生まれたのは一九二二年（大正十一年）の晩秋で、出生の場所は戸籍謄本によると「谷中村」とある。現在の日暮里付近で、当時父親は三十七歳、逓信省簡易保険局の下級官吏だった。母は三十五歳で、わたくしたち双生児が末っ子で、上に一九一二年（明治四十五年）と一九一六年（大正五年）生まれの、かなり年齢の離れた兄が二人いた。父は一八八五年（明治十八年）横浜・伊勢佐木町の近くで生まれたが、その父、つまりわたくしの祖父は石州浜田藩の武士で、御一新のあと、いろいろの職業を転々とし、一九〇〇年（明治三十三年）の少し前までは横浜で移民向けの宿屋を経営していた。北アメリカやカナダへ移住する日本人が多く、十分商売が成り立ったらしい。いまの旅客機とちがって、出航する船は月に算えるほどしかなく、しかも航海日程も不定な時代とあれば、移民たちは心ならずも宿屋に長逗留しないわけにはいかなかったのだろう。父の話では、祖父が経営していた宿屋は木造ながら三階建てで、「宿屋」などとはいわず、「ホテル」といっていたが、そんなしゃれた建物であったか、甚だ疑問である。その宿屋稼業も一九〇〇年、北アメリカ、カナダで日本移民排撃運動が広がったおかげであえなく店仕舞いとなってしまった。その少し前、父は神奈川県立中学、通称神中（現在の希望ヶ丘高校）に入っていたはずだが、中学校の低学年のくせに、父はとんでもない行動に出て放校されている。わたくしは一九四三年、海軍に入ったのだが、その翌々年、埼玉県大和田町（現在の新座市）にある通信隊にいた。三月十日の大空襲で浅草の家を焼かれ、一家は母の故郷に疎開しており、たまに父が上京して雑事の整理をしていた。わたくしは上陸、つまり外出の折に上京の父とよく会ったが、そんなときに父がじつに淡々と告白したのだ。「おれ、女遊びして見つかり、退学処分になってな、原町田の親戚筋に預けられたのさ」。中学二年になるかならぬころだったというから、わたくしは呆れ返ってしまったものの、後年の自己を省みれば、その血がこちらに繫がっていたのは疑いえず、呆れ返るのは早すぎたのだった。

父は、さっき記したように逓信省簡易保険局に勤めていたが、わたくしが生まれた翌年、一九二三年（大正十二年）関東大震災があって、保険金の臨時支払いで大いに忙しかったらしい。テントを張った東京市内で活躍している父の写真が戦災で焼けるまで残っていて、これはいまでもよく覚えているが、父はカンカン帽をかぶって背広を着、足にゲートルを着けていた。まだ四十歳前の父はいかにも精悍な顔に笑みを浮かべて写真を撮られていた。

　この父、当時としてはいっぷう変わった人だったようで、二十歳前後のころ、逓信省に入って電信を習ったというから、幸田露伴と似たような道に進んだらしいけれど、露伴とちがうのは、途中からたぶん遊びにうつつをぬかしていた点で、その遊びのひとつに正調俚謡（せいちょうりよう）への熱中があった。正調俚謡というのは黒岩涙香（くろいわるいこう）の万朝報にあった投稿欄で、昔からあった都々逸（どどいつ）を涙香が彼流に呼び替えたのである。父はこの欄にひっきりなしに投稿し、入選の常連だったようだ。入選作のスクラップがあって、わたくしは後年、東京府立第三商業（三商）に入ったころ、父にそれを見せられたことがあり、興味をもって何度も読んだ。幾十となく明治時代の新聞の黄色くなった切り抜きが貼ってあって、なかにはずいぶん色っぽい作品もあったけれど、いま記憶しているのはたった一つ、

　　雨の銅像（どうぞ）に花びらついて飛白（かすり）召された西郷さん

という のだけだ。入選は天地人、佳作とあって、これは天に選ばれていた。入選作にはいちいち涙香の評が添えてあって、父の雨の銅像には「奇想天外」と簡潔に記してあった。むろん天に選んだことにかこつけての洒落だろう。この都々逸、たしかに品がよくて、粋な感じがあり、いまでもわたくしは感心している。

酒もあまり飲めない父だったが、ほかにもいろいろ享楽の道を求めたようで、娘義太夫にもずいぶん凝ったらしい。いまでいえばニューミュージックとかロックとかに当たるのだろうけれど、一時はたいへんな打ちこみようだったらしい。齢をとってからも、なにかの折によく義太夫の一節を口に出していた。わたくしが海軍に入ったとき、浅草・芝崎町（現在の台東区西浅草）の町会で壮行会をやってくれたが、席上、父は「三勝半七」の一節をうなり、「三つちがいの兄さんと」と、頭のてっぺんから湯気を出すような唸り声をあげて、子どもであるわたくしを面食らわせた。並みいる下町のじじい連もびっくりしたらしい。それはそうだろう、きびしい軍国主義下、いくらかわいい息子が出征するといっても、ツヤっぽい濡れ場を唸って聞かせる手はなかろう。でも、下町のじじい連はだれも文句をいわず、たいそう嬉しそうに、みんなにこにこ笑っていた。双生児の弟は、わたくしより一年ばかり後、陸軍にひっぱられたのだが、壮行会ではやはり父が「三つちがいの……」を唸り、弟は大いに閉口したと、いまでも思い出話をする。

関東大震災で焼け出された翌年、父はいまでいうローンで、当時の東京府荏原郡駒沢村字弦巻に家を建てて転居した。いまの世田谷区世田谷一丁目のあたり、玉川電車の松陰神社前という停留場から歩いて五、六分のところで、そのころはまったくの田舎だった。父は役所から借金し、同僚の役人たちと住宅組合を作って、おかみの援助でどうにか一戸を構えることができたわけだった。転居したのは、次兄の記憶によれば一九二四年（大正十三年）だったという。初めに書いたように、この時分のことをわたくしはまったく覚えておらず、かぞえ年七歳になっておぼろげな花電車が頭の片隅に初めて記録されたにすぎない。

一九二九年（昭和四年）、駒沢小学校に入学した。玉川電車は渋谷から三軒茶屋へと南西に下って、そこから右へ下高井戸、左へ二子玉川（または砧）へと二手に分かれていたが、駒沢小学校は左の二子玉川線の駒沢停留場の近くにあり、家からは子どもの足で、ゆうに十五分はかかった。途中、アップダウンがあって、畑や水田、それに松林のあいだを抜けていくのだが、夏は水田に小石を横ざまに投げ、石がいくつ水切りできるかを弟や同級生と競うのが楽しみだったし、冬は冬で、凍った水田に激しい勢いで小石をはね返さすのが喜びだった。弦巻にいたのは小学校の三年生までだったが、低学年の田舎生活は、いま思えば、じつに享楽に満ちていて、わたくしの現在の感覚の一部は明らかにこの時分に得られたものだといえる。水田は小学校のほうへ十分ほど歩いたいくぶん低いところにあって、家のまわりはほとんど畠にとりかこまれており、そこには大麦やトマト、ナス、キュウリ、大根など多種多様の野菜が植えられていた。広大な農地は、しかし、全部農家が利用していたわけではなく、地主の都合かなにか知らないが、ところどころに大小の空き地があって、そこは春から夏にかけてハルジョオン、ヒメジョオンを始めとする雑草が繁茂した。空き地は子どもたちには〈原っぱ〉と呼ばれ、四季を通じて恰好の遊び場となった。おとなの目を盗んで女の子とお医者さんごっこをしたり、引き抜いたオオバコの茎を交わして引っぱりあい、どちらが相手の茎を切ってしまうかを競う〈すもう〉をしたりしたのは、みな原っぱが舞台だった。夏休みは格別楽しく、毎日のようにトンボ釣りをして時のたつのを忘れた。松陰神社前近くの駄菓子屋へ黐（もち）を買いに行き、家へ戻るとそれを百八十センチメートルほどの長い竿の先に二十センチメートルくらい塗るのだが、指にくっつくのを防ぐため、指先にしっかり唾液をくれ、竿をゆっくりまわしながら上から下へとこねるように塗っていく。日が高くなると大きな麦藁帽子をかぶって、弟とわたくしは畠の道や原っぱへ、ほかの子たちといっしょに出て行く。狙いはギンヤンマの雌。こいつを捕えると、長い竿を置いて、短い竿に垂らしてある糸に結びつけ、こんどはこちらの竿をぐるぐるまわして、ギンヤンマの雄をひっかけるのだ。近くに雄がいれば、じつに簡単に雌にかかってくる。それを地面に導いて、網をかぶせる。こうやって捕まえたトンボを大きな籠に入れるのだが、いつだったか、いくつも用意していった籠がみないっぱいになったので、弟と相談し、獲物をみんな家の座敷に放してみようよ、ということになり、夏の暑い盛り(さか)なのに八畳間のふすまを閉めきって、その部屋をトンボだらけにしたことがあった。狭い空間に何十匹ものギンヤンマが飛びかうさまはなかなかの壮観で、わたくしたちは手を叩いて歓声をあげたものだった。

近くには水の澄んだ小川もあって、小魚や川エビをすくいに行った。夕方、そろそろ暗くなるころまで遊んでいると、ヒルに吸いつかれ、あわてて剥がすと足の皮膚からうっすら血が流れていたりした。ヒルにやられると、あとが痛がゆくて、じつにへんな感じだったのを覚えている。

*

このころの父は役所をやめていて、民間の生命保険会社に転職していた。勤め先は新橋にあった。父は新聞が好きで、家では一紙しかとっていなかったと思うが、会社の帰りには三つも四つも夕刊を買い、電車の中で読んで、家へ戻るとそれらを畳の上にぽいと放り投げた。ほかの兄弟はどうだったか思い出せないけれど、わたくしは新聞を読むのがいつのまにか習慣になって、意味はよくわからぬながら、それらを広げるのが楽しくなった。浜口雄幸首相が東京駅で襲われ、重傷を負った事件があり、犯人が佐郷屋留雄という男だという記事が出たが、それを読んだ記憶は割合はっきりしている。いま歴史年表を繰ると、事件は一九三〇年（昭和五年）十一月十四日で、わたくしは二年生だった。二年坊主でよく読めたといまの人は思うかも知れないが、当時の新聞はほとんど総ルビだったので、読むだけなら二年生でも三年生でも読めたのである。三年生のときだったか、新聞に「インフレ」とあって、むろん意味はわからず、父親に「インフレってなあに？」と訊いたことを覚えている。

子ども向けの本や雑誌をずいぶん買ってもらった。「少年倶楽部」とか『小学生全集』のたぐいだが、「コドモノクニ」のような幼年雑誌で読んだ童謡のなかで、たいそう子ども心に感心したのがあった。まだラジオ放送が始まって四、五年しかたっていなかったころのはずだけれど、東京放送局のコールサイン、ＪＯＡＫをうたった作品で、作者は北原白秋ではなかったかと思う。書き出しは「ＪＯＡＫ、Ｊの字は、ゾウのお鼻だ、ぶーらぶら……」だったように覚えているが、以下は忘れてしまった。とにかくわたくしは一読してぼーっとなるほどこの詩にひきこまれてしまい、そのあげく、ほとんどそのままを紙に書いてすぐ上の兄に示し、「ぼく、これ、書いたんだ」と差し出した。兄は当時中学二年生か三年生だったはずで、学校では作文の上手な生徒として知られ、いくらか文学少年ふうのところがあったから、わたくしの剽窃作品を読んですっかり驚いてしまった。「おまえが、これを？」と顔を輝かせ、すごいだの天才だのといって褒めそやした。こちらは引っ込みがつかなくなり、たぶんうつむきっぱなしでいたのだろう。しかし、むろん剽窃はすぐにばれた。へんだと思い直した兄が雑誌をめくって、たちまち原詩を発見したのだ。わたくしは兄にさんざん罵られ、叱られて、とうとう泣き出してしまったが、いま顧みても幼い自分の行為を奇怪と思うしかない。無邪気というにはあまりにずうずうしく、ずうずうしいというにはあまりに単純で、どちらにしてもわたくしのいわば〈文学的出発〉が剽窃だったという事実をどう考えたらいいのか、いまだにわからないでいる。

このころのことでもうひとつ忘れられないのは、夏に経験した或る虚脱感で、これについてはいまから十五年前に次のような文章を書いた。

一九三一年（昭和六年）夏、わたくしは小学校三年の生徒であった。その日、わたくしは新築間もない二階の六畳間で午睡したのだった。わたくしの家は世田谷・弦巻にあり、周囲は畠や原っぱが多くて、二階の家は低い天守閣のように、遠くからよく見えた。たぶんトンボ釣りに疲れたのか、それとも玉川プールのひどく冷たい水で泳いでぐったりしたのだろうか、九歳のわたくしは青畳のうえで眠ってしまったのだ。数時間後、まだ日の永い夕暮れに目覚めて、わたくしは何を発見したのか。それは雪のふる夜の空を見あげているような虚脱感であった。わたくしはもちろん涙を流さず、しだいに夕焼け空が微妙に薄闇に変化してゆく窓をぼんやりながめていた。桃色の爪、なめらかに伸びた皮膚を持つ少年の、その夏の日の記憶は、わたくしの一生の静かな恐怖の始まりである。（後略）

その後の短からぬ人生でかぞえきれないほど似たような感覚を経験したけれど、少年時の初めての虚脱感はよほど強烈だったのだろう、長じてからも折にふれてそのときの感じを思い返すことができた。いったい自分はあのふしぎな虚脱感で、なにを探り当てようとしていたのか、さっぱりわからないが、とにかく自分のからだも外界も、つまりいっさいのものが〈だるい存在〉であるらしいことを感じとっていたのはまちがいないと思う。

＊

一九三二年（昭和七年）、駒沢小学校の三年を修了してから、浅草区（現在の台東区）金竜小学校へ転校した。父の従兄が浅草で飲食店を二軒持っていて、そのうちの一軒、そば屋をやってみないかと父に持ちかけ、父がそれを承諾した結果、一家をあげて田舎から東京・下町へ転居することになったわけだ。当時の地名は浅草区芝崎町一丁目十番地だったが、いまは台東区西浅草三丁目一番となっている。家の前の幅五メートルほどの道は合羽橋(かっぱばし)通りと呼ばれ、それを東へ五十メートルほど行けば国際通りにぶつかる。その通りを横断すると、もう浅草六区の興行街で、だから映画や芝居を見たければ二、三分で賑やかな一画へもぐりこみ、目あての小屋に入ることができた。

田舎から下町の真ん中に引っ越して環境は激変した。初めのうちは道が路地まで舗装されているのが珍しかった。金竜小学校は震災後に建てられた鉄筋三階建てで、冬はスチーム暖房という、当時としてはハイカラな作りだったけれど、ここの校庭も舗装されていた。駒沢小学校のは土のむき出たただの地面で、そこなら駆けていて転んでも大して痛くはなかったが、こんどの校庭では、ちょっと転んだだけでも皮膚が擦り剝けて、とても痛く、四年生のわたくしは、それだけで都会というのがいやになってしまった。隅田公園とか上野の山へ行けば、どうにか自然というものがあったけれど、どちらも子どもの足で二、三十分はかかるほど遠いところにあって、ふだんは舗装道路の街で遊ばなければならない。一九三二年、初めての夏休みが来て、なおのこと浅草がきらいになった。どこにもトンボなんぞいやしない。夏の太陽の光は舗装道路をぐにゃりと溶かすほど強く、夜になればなったで、昼間の照り返しの余熱で、家の中は蒸しぶろのようだ。クーラーも網戸もない時代で、蚊帳は家庭の必需品だったが、窓を開け放して蚊帳の中で寝ても、汗はとまらず、寝苦しいことこのうえもない。弦巻の家なら、蚊帳ごしにずいぶん涼しい風が吹いたっけなあと、まだ田舎っ子のわたくしは、へんなところに引っ越した父親がうらめしかった。

しかし、子どもは環境への順応が早い。一年もすると、わたくしはもう一人前の町っ子に変わってしまった。二年目の夏休みには、弟や友だちと、隅田公園にある市立隅田プールへ、毎日のように泳ぎに行った。帰りに、屋台のフライ屋に寄り、揚げ立てのフライの串をじゅーっとソースに漬けて食べる楽しみを覚えた。夏に限らず、もちろん四季それぞれに町っ子の楽しみはあった。路地裏でのメンコやべーゴマ遊び、日光写真、紙芝居見物——たしかに自然との交感の機会は少なかったけれど、遊びの種類はむしろ町のほうが田舎よりもずっと豊富だったように思う。しかし、たいていは路地裏でのべーゴマやメンコといったみみっちい勝負で、わたくしはそれらにあまり熱心にはなれなかった。近くの日輪寺の境内には、天気がよければ自転車に舞台を積んだ紙芝居が来た。「黄金バット」などを演(だ)し物(もの)にしていて、一銭の飴(あめ)を買うと見物させてくれたが、これも日を重ねると退屈になってきた。なんといっても小学校四年生であり、そろそろ幼稚っぽい遊びに飽き足らなくなる年ごろで、しだいに近くの映画街へ足を向ける機会が多くなった。母親がくれる小遣いはごく少額だったからそうしょっちゅうは行けないが、一週間に一度くらいは弟と二人でセカンド・ラン、サード・ランの小屋へ映画見物に行ったと思う。当時は子ども同士の会話で「映画」とはいわず、「カツドー」といっていたが、これはむろん「活動写真」のことである。

　東京府立三商に入ったのは一九三五年（昭和十年）で、生徒の大半は下町の商家の子だった。山の手の商家の子は渋谷にあった一商、府下の商家の子は八王子の二商というのがお定まりのようになっていた。三商に入るまでのわたくしは格別に文学趣味のようなものは持ち合わせていなくて、読んでいた本や雑誌は当時のどの少年とも大差はなかったと思う。小学校高学年のころの好きな学科、得意な課目は作文と図画（絵）だったけれど、どちらかというと絵のほうが好きで、校内・校外の展覧会にはよく選ばれて出品していた。作文でただ一つ記憶にあるのは六年生の冬に書いた「冬の朝」という文章で、これは寒い朝、牛乳屋が大きな車で牛乳を配達してくるシーンを中心にしたものだが、これを書いているときに物事を描写する喜び、興奮のようなものをたしかに感じた。六年生のことだから、早熟でもなんでもない。しかし、このときの興奮、喜びは、三商に入ってから後の文学への関心の端緒であったように思う。

三商という中等学校に入って嬉しかったことが二つあった。一つは英語を学べること、もう一つは国語教科書が新鮮だったことだった。国語についていうと、昔の小学校は全科目、国定教科書しか認められていなくて、もちろん国語もそうだったが、いまふり返ってみると、高学年になると難しい漢字をけっこう多用していたり、文語体の文章もたくさんあったりして、程度は必ずしも低くはなかった。しかし、なんといっても軍国調、教訓調で、あまりおもしろくなかった。三商に入って与えられた国語教科書はもちろん官製ではなく、民間の学者が監修者になっていて（たしか責任編集者は西尾実という学者だった）、小学校の教科書とはまるでちがっており、かなり文学味の強いものだった。わたくしは大いに驚き、かつ喜んで、ことばや文章への関心が急に高まったのを覚えている。小学校と中等学校との国語教育の質の差があまりに甚だしかったせいで少年のわたくしは激しい刺戟を受けたのだろうけれど、思えば一九三〇年代の日本の歪んだ初等国語教育のおかげで、こちらは文学趣味をいやが上にも高揚させてもらったことになるのだからおかしい（軍国調、教訓調の国語教科書は困るけれど、初等国語教育ではなるべく文学的な色彩の強調は避け、基本的な「ことば」知識の注入にアクセントを置いたほうがいいと、いま思う。つまり、漢字と〝やまとことば〟を徹底的に教えこむことに力を注ぐのだ。教育漢字何百字なぞと定めないで、むずかしい漢字もどしどし柔らかい子どもの脳髄へ刻みつけてやり、同時に〝やまとことば〟の成り立ちや語源からの広がりをおもしろおかしく教えることにしたらいい。そして、文学趣味に類することは全部中学以後に任せることにするわけだ）。

三商の初学年の国語教科書に正岡子規の俳句や歌が載っていて、それにたいそう感銘した。それがどんな作品だったか、いま記憶にないが、たぶん「柿くへば鐘が鳴るなり法隆寺」とか「瓶にさす藤の花ぶさ花垂れて病の牀に春暮れんとす」とかいうような句歌ではなかったかと思う。しかし、一年生のときは英語が格別おもしろく、研究社の月刊初級英語雑誌を買っては何度も読み返したりして幼稚な知識欲を満足させるのに忙しかったから、それほど国語に魅力を覚えたわけではなかった。それに烈しい関心を抱いたのは二年生になってからで、たまたまクラス担任の東大国文科出の中年の教諭、家久甫（いえひさはじめ）先生の講義がおもしろかったせいではなかったかと思う。二年の教科書には夏目漱石の「草枕」の一節や、近松秋江の紀行文があり、家久先生はそれらの文章を、少し擦れたような低音で諄々と講釈された。わたくしはうっとりして、ただ聞きほれていたが、授業が終わってもそれまでの短い人生でかつて味わったことのないような、一種快い酔い心地に浸されていた。子規の歌俳のおもしろさも家久先生に初めて教わったので、それ以後、改造社版のオレンジ色の『日本現代文学全集』の正岡子規集や、同じ全集の現代俳句集・現代短歌集、現代日本詩集・現代日本漢詩集などをつぎつぎに古本屋で買ってきて、たちまち文学少年の卵になってしまった。自己流で短歌を作り始めたのはこのころで、初めは子規流の写生を主としたのがほとんどだった。

2　投稿時代

二・二六事件が起こったのは一九三六年（昭和十一年）で、小雪の舞う寒い日だった。三商一年生の三学期も間もなく終わろうとするころのその日、登校すると間もなく、担任の指示で生徒はいっせいに下校することになった。「よく分からんが、東京の真ん中でたいへんなことが起こったから」という漠然たる話だったが、とにかく授業がないというので、みんな大喜びで家路についた。当時、時々刻々の政治・社会情勢を知らせるメディアはラジオと新聞だけだった。わたくしは相変わらず新聞好きで、こんな大事件となるといつもより熱心に大活字の躍る紙面に目を走らせた。国家改造を企てて、青年将校が部隊を率いて決起し、政府高官を惨殺したという。こちらは子どもだから、ほとんど事件の意味をのみこめず、ひたすら怖い現実の動きを見つめているだけだった。反乱部隊は二日後に降伏して事件は一段落したが、時の戒厳司令官・某中将がラジオで布告した降伏勧告の「兵に告ぐ」は、当時の軍部や官僚が公表する諸文書の文語体といちじるしく異なり、まったくの口語調であることがわたくしたち少年はいうに及ばず、一般市民の耳にもまことに新鮮に響き、「今カラデモ遅クハナイ（カラ原隊へ帰レ）」という冒頭の部分が友人や家族、また社会全体の流行語となったほどだった。この降伏勧告は三項目に分かれ、いま挙げたのは（一）であるが、最後の（三）は「オ前タチノ父母兄弟ハ国賊トナルノデ皆泣イテオルゾ」となっている。この「国賊」ということばがマスコミを通じて全国へ流されたわけだが、いま思うとなんとも凄いことばだ。十三歳のわたくしがそのときどう感じたかは覚えていない。

一九三六年というのはへんな年で、一方に血なまぐさい政治テロルが発生したかと思うと、他方、「阿部定」事件なんていうのもあった。三商の二年生になったばかりのわたくしはそんな世間の動きに一応関心を持ちながら、短歌や俳句、それに詩などを読みあさっていた。見よう見まねで短歌らしいものを作ってみたが、親兄弟に見せる気にならず、といって友だちにはまだ文学趣味を持っている者がだれだか見当もつかず、ひそかに自分が作った歌の原稿を読み返していただけだった。

ある日、父が町内の寄り合いから帰ってきて、一冊の薄いパンフレットを店のテーブルに置いた。手にとってみると東京の薬屋組合のようなところの、いまでいえばPR誌のようだった。ぱらぱらめくっていると、巻末のほうに投稿の短歌欄がある。父に断わってそのパンフレットをもらい、二階に行ってゆっくり短歌欄を読んだ。投稿規定に目を通しているうちに、ひとつ投稿してみようか、という気になり、おそるおそる手持ちの一首をはがきに書いて郵送した。その翌月、こちらが忘れてしまったころに、父がまた新しいパンフレットを持ってきた。短歌欄を開くと、投稿の一首が活字になっている。戦災でいっさい焼けてしまったので、それがどんな歌か、覚えていないが、枯れ木の山道を詠んだ写生歌だったような気がする。選者の名前も記憶にないが、とにかく自分の作った作品が活字になったのはこれが初めてで、顔が紅潮するほど嬉しい思いを味わったのはたしかである。

そのうちに同級生のなかで文学趣味を持っている者の見当がつくようになってきた。深川・門前仲町に住む島田清もその一人で、彼は石川啄木の『一握の砂』『悲しき玩具』などを愛読していた。荒川の近くに住む竹内左内は別の一人で、彼はアララギふうの短歌を自在に作って仲間を驚かせていた。ほかに数人の同好者が集い、だれもが初めての試みである同人雑誌を作ることに話が進み、雑誌のタイトルも「帆かげ」と決まった。印刷は謄写版で、いわゆるガリ版である。鉄筆で原紙に書くとガリガリとへんな音がするのでそう呼んだらしいが、同人が手分けして原紙を切り、十数ページの薄っぺらな雑誌を作り上げた。何部刷ったか覚えていないが、せいぜい五十部前後だったろう。わたくしは創刊号に短歌と詩を載せたと思うが、同じ年のたぶん暮れ近くに出た第何号かに「からすうり」という十行ほどの短い詩を書いた。カラスウリの実がなるのは秋だから、この号が出た時期を暮れごろと推定するのだけれど、この詩でいまだに覚えているのは、「からすうり、赤い実、寂しい実」というところだけで、なんとも羞かしくなるほどセンチメンタルな一行だ。この詩は「帆かげ」の同人たちと市川市周辺をハイキングしたときに見た秋の田園の印象をまとめたもので、たしかに記憶に残っている一行はばかばかしく平凡だが、ほかの行は割合簡潔に、あまり主観を交じえずに書けて、本人はけっこう満足していたように思う。

さて、島田清は、この「からすうり」が載った号を、彼が毎日通っている同じ門前仲町の塾の先生のところへ持っていった。塾を開いていたのは今氏乙治（いまうじおとじ）先生で、先生は「からすうり」を読むなり、うん、なかなかよく出来てるね、いつかこの子、連れといで、と島田君にいったという。今氏先生とはこんな縁でつながりができたのだが、塾へ本式に通い出したのがいつだったか、これもはっきり覚えていない。週一回と決めて通ったはずだけれど、一九三六年の年末から一月にかけてわたくしは風邪をひいておかしな咳をするようになり、診断の結果、肺門淋巴腺炎ということで学校を長期欠席したから、今氏塾への規則正しい通学（?）は、たぶん一九三七年（昭和十二年）

の四月、三年生になってからだろうと想像するしかない。

母親の介添えつきで伊豆・伊東の湯本館という旅館へ転地療養をしたのは一月末から三月初めにかけてだった。いま思うとずいぶんぜいたくな話だが、父の店はこのころから大いに売れ行きがふえ、そのくらいの余裕は十分にあったのだろう。浅草六区のたいていの映画館、劇場に出前が行きわたるようになり、また、それらの小屋の従業員だけでなく、出演する芸人たちも店へよく食べにくるようになっていた。

転地療養といっても、夕方に微熱が出るくらいで、別に苦痛があるわけではなく、朝夕の散歩くらいはできたし、昼間はなるべく寝るようにしていたが、暇をみて持参の文庫本を読んだりノートに歌や詩を書きとめることぐらいはできた。湯本館のすぐ裏手の丘に松月院という寺があり、そこに小さな鐘つき堂があって、伊東湾が一目で見渡せた。ちょうど桃の花が盛りのころで、わたくしはそれを材料にしていくつか短歌を作り、東京日日新聞（現在の毎日新聞）の歌壇に投稿した。帰京後、そのうちの一首が入選しているのを知ったが、歌は覚えていない。選者は釈迢空（折口信夫）だった。例のごとくアララギ派ふうの写生歌だったことはまちがいないが、しかし、そのころのわたくしは若山牧水に熱中し始めていた。いま、わたくしの手もとにある岩波文庫版『若山牧水歌集』は一九八三年四月十日発行の第四十九刷だが、その奥付けに初版は一九三六年十月十五日発行とある。中等学校二年生が買ったのはこの初版で、この文庫本は文字どおりわたくしの枕頭の書となった。正岡子規、長塚節、斎藤茂吉らの短歌をずいぶん読んで、それぞれに感銘したけれど、年齢のせいか、彼らの深いところや細やかなところはまだよく吸収できなかったせいか、どこか物足りぬ思いでいた。そのわたくしに牧水の歌はひとつのショックだった。恐ろしくセンチメンタルでロマンチックなエロスが彼の作品にはあって、それが思春期のこちらを強く魅惑したのだろう。

戸な引きそ戸の面は今しゆく春のかなしさ満てり来よ何か泣く

ああ接吻海そのままに日は行かず鳥翔ひながら死せ果てよいま

この手紙赤き切手をはるにさへこころときめく哀しきゆふべ

牧水には地味ながらみずみずしい自然詠もたくさんあって、それらもむろん悪くはないけれど、子どものこちらには、やはり右に挙げたような官能的な作品が好きだった。三百ページ足らずの文庫本を何度も繰り返して読み、しまいには表紙もとれそうなほどぼろぼろになったので、文房具屋で色つきの模造紙を買ってきて表紙を付け替えたほどだった。手製の表紙には万年筆で「若山牧水歌集」と書いたが、その字は活字体でていねいに、大きく記した。

今氏乙治先生の塾へ規則正しく通いだしたのは前に書いたように一九三七年（昭和十二年）、三年生になってからだったと思う。先生は府立三中から早稲田の英文科を出た人で、たいへん博学な人だった。塾は粗末な木造のしもたやの三階にあったように覚えているが、その八畳ほどの一部屋に、ところどころ三十センチほどの棒を支柱にして張り渡した長い木の板が塾生の机になっていて、それが幾列か並んでいた。四方の壁は先生の蔵書がぎっしり詰まっていて、本は別の部屋にもたくさんあった。わたくしは先生が任意に詩の話をしてくださるという特別扱いの生徒で、ほかの塾生といっしょになったことはほとんどなかった。午後、三商の帰りに塾へ通ったので、たぶん夜、勉強にくる生徒たちとすれ違いになっていたのだろう。戦後、吉本隆明が何かの文章で、彼自身、いわば今氏先生の子飼いの塾生で、わたくしが通っていたのを知っていたと書いたのを読んだときには、ほんとうにびっくり仰天した。わたくしは全然覚えていないのである。島田清も子飼いみたいなものだったから、彼の口からこちらのことを知ったのかもしれない。

今氏先生にはずいぶん詩の話をうかがった。時折は先生の指示に従って習作を持参し、批評していただいた。先生はそんなに細かいことはいわず、「うん、いいんじゃない」とか「さあ、これは」というくらいの感想しか述べられなかったと思う。習作を持っていくのは羞かしく、こちらもあまり気が進まなかったけれど、とにかく毎度の先生のお話がなによりおもしろくて、ときには刺戟的ですらあった。読むべき詩集についてのヒントもずいぶんいただいた。三富朽葉とか加藤介春とかの詩は、先生の示唆がなければ読まなかったかもしれなかった。むろん先生にすすめられなくても、古本屋であさって、いろいろな詩集を読んではいた。萩原朔太郎の詩を読み始めたのもこのころで、初めて接した朔太郎から受けた感動は牧水の場合より遥かに強烈だった。粘っこいクモの巣にとりこまれてしまったように、しばらくは朔太郎を繰り返し読んだ。今氏先生に、その朔太郎についての感想をうかがったことがあったが、先生は大いに称揚されながらも、どこか留保したいような物言いだった。先生は日夏耿之介のお弟子さんだったし、もっと形の整った象徴詩を最高と思っていたのではないだろうか、と後年思ったことだった。

振りかえってみると、一九三七年（昭和十二年）というのは、わたくしの一生の中でも格別忙しい年だったように思う。正岡子規や若山牧水に心酔して短歌づくりに精をだしたかと思うと、古本屋で詩集を買いあさり、同時に詩づくりにも熱心になった。今氏先生の指導で知らない明治、大正期の詩人の作品をたくさん読んだりしたかと思うと、「若草」「蠟人形」などの若い詩人の投稿欄に絶えず刺戟されたりもするというあんばいだった。朔太郎はもうそろそろ時代遅れだという情報も幼い頭にインプットされて、春山行夫、西脇順三郎なぞという名前が気にかかり始めてもいた。この年の七月七日、日中戦争が始まり、時局は穏やかでなくなったが、下町の文学少年の卵には、さして気になる動きではなかった。なにしろこちらの精神は自分勝手な日本詩歌のシュトルム・ウント・ドランクのまっただなかにあったのだから。短歌の旧派から新派、詩の大正から昭和への、それぞれ時間的には大して長くもない歴史をたどるだけで精いっぱいであったわたくしは、ようやく〈現代〉の芸術というものにひきつけられかけていた。だから、今氏先生のお話をうかがうのも少しずつおもしろくなくなって、この年の秋ごろにはぷっつり塾通いも絶えることになった。

ちょうどそのころ、三商の国語教諭、佐藤義美先生とのめぐり会いがあった。佐藤先生を同学年の田村隆一やわたくしは「義美さん」と呼び慣らわしていて、先生というのはいまでもぴったりこないから、以下、「義美さん」と表記するが、義美さんはわたくしたちが三年生になったとき、作文の授業を担当していた。義美さんはその三年ほど前に「グッドバイ」という童謡を作り、これがレコードやラジオに乗せられ世間に知られていた。昭和初年から北原白秋の「赤い鳥」に作品を発表していて、白秋門下では与田準一、巽聖歌と並んで三羽烏なぞといわれていたそうだが、そんな詳しいことは当時のわたくしは知らなかった。しかし、義美さんは詩人と自称していたので、初めて自由題の作文の宿題を課されたとき、わたくしは詩を三、四篇、四百字詰め原稿用紙に十枚ばかり書いて提出した。それらは、ちょっと加藤介春ばりの、夕焼けをうたった古いスタイルの作品だった。翌週、義美さんはわたくしのお粗末な宿題詩を返してくれて、授業が終わったあと、「きみ、ちょっと、ちょっと」と教室に残し、こう訓戒を垂れた――「まあまあね、出来はね。でもね、きみ、古すぎるよ、古すぎる」。

義美さんは間もなく、古すぎない「新しい詩」の見本をこちらに渡してくれた。彼が同人に加わっている「20世紀」という、いまの週刊雑誌ほどの大きな雑誌だった。同人には永田助太郎、城尚衛、菊島常二、饒正太郎などの名があったと思う。義美さんにいわせると、西脇、春山、北園克衛なんていうのは、いまや古いんだそうで、十五歳のわたくしは大いに困惑した。とにかく片方で短歌づくりに励み、もう一方で義美さん流のモダニズム詩を試作したくもなるのだから、いま思えばなんともいいようがないほど軽佻浮薄ではあるが、当時の文学少年の卵は、卵の殻にひびが入るのを生きがいのように感じていたのかもしれなかった。

義美さんは戦後、「いぬのおまわりさん」「アイスクリームのうた」などの作詞で一段と世に知られるようになったが、三十代の国語教諭としての義美さんはなかなかユニークだった。当時のことだから五年制の商業学校にも軍事教練の授業があり、学校には陸軍中佐（または少佐）一人のほか、准士官（曹長クラス）二人が配属されていたが、義美さんは彼ら軍人だけでなく、同僚で気にくわない先生たちのことを、よくわたくしに悪しざまにいった。悪口をいわれる先生の数は少なかったけれど、義美さんの悪口は痛烈を極めた。「あいつはね、バカ、野蛮。知性の知の字もないのよ」というのが、その極めつきで、そういわれれば暴力をふるって生徒を怖がらせている評判のよくない三、四人の先生たちは、ほんとうにバカで無知のように思われるのだった。

義美さんについては、阪田寛夫さんが『童謡でてこい』（一九八六年・河出書房新社）のなかで、次のように書いておられる。

私が佐藤義美という詩人にはじめて逢ったのは昭和三十年頃である。（中略）佐藤義美はモダニストを絵で描いたような詩人で、作品だけではなくて姿を一目みれば、これは詩人だと人に思わせずにはいないような服装をしていた。コールテンの細身のズボンの中の、金属的な感じの細い脛を高く組んで膝を鋭く曲げ、同じコールテンの上衣の肘もまた鋭角に曲げて、そのまがりめにもう片方の指先を軽くあてがっていた。（中略）赤い縞のシャツの襟から突きだしたのどぼとけのあたりで、／「ウフン」／というような虚無的な笑い声を発して、初対面の私にいきなり自分と同業の有名な童謡詩人たちの悪口を言いだした。それも当りさわりのない冗談まじりにではなく、本当に心の底から恨み憎んでいる者の言葉であった。（中略）語尾に「……なの」「……なのよ」という風な助詞がくっついて、少し気持が悪かった。

さすがに作家・詩人の阪田さんの観察は細かい。これに付け加えるべき描写はあまりないが、義美さんは長身瘦軀（そうく）、三十代からいまの長髪のように毛を伸ばし、太縁の近眼鏡をかけていた。声はくぐもった低い声で、耳を澄ましていないとよく聞こえないことがある。早口でいったかと思うと、いやに間延びした言い方もする。授業中、瘦せて骨張った両手を、甲をこちらに向けてだらんと垂らすことがよくあり、三商の先輩生徒は義美さんに「西洋お化け」という綽名（あだな）を奉っていた。西洋というのはモダンなということだろうが、たしかに義美さんはいつもしゃれた洋服の着こなしで、同僚の先生方のあいだで異彩を放っていた。

義美さんのそそのかしを受けて、いわゆる新しい詩をずいぶん読んだけれど、「20世紀」の詩は社会学、経済学、工学などのヴォキャブラリーがちりばめられ、子どものわたくしには甚だ難解だった。なかには西崎晋のような抒情味の勝った詩人もいたが、大半は気どったインテリの世迷い言（といまならいいたいところだが）で、でも、その難解ぶりにはたしかにモダンな〈味〉みたいなものがあった。しかし、幼い自分にはとても手の届きそうもない詩境で、わたくしは相変わらず短歌や自分なりの現代詩づくりに励んでいた。

鮎川信夫の詩に初めて接したのは、そんな迷いの只中に身をもまれているころだった。鮎川は「若草」一九三七年九月号の詩の投稿欄、佳作の部に「寒帯」を採られた。選者は佐藤惣之助である。わたくしは浅草の本屋でこの「若草」を買い、初めて鮎川の詩を読む偶然に恵まれたのだった。鮎川は後年、「寒帯」について、「詩そのものの出来は、あまり上等とは思わなかった」と書いている（『新選鮎川信夫詩集』一九七七年・思潮社）が、出来のよしあしは別にして、わたくしにはこの詩と、これにつづく彼の数篇がまったく新しい、自分にぴったりの詩のように思われた。

鋲靴をはいて
駆けてゆく
雲の上を。

月を支へる
白い標識棒は
倒れた。

風は氷河に、吹き荒さんだ。

あをく、つめたく……

青い魚が跳ねると
沼の静けさが、かへつてきた

——やがて北極の合唱が、
　雲にのり、凮にのつて。

「若草」の十一月号、十二月号に鮎川信夫の名前はつづいて見られ、とくに十二月号の「夕暮」を読んで、わたくしの脳裡に彼の名はしっかり刻みこまれることになる。この詩も行間を入れて十五行の短い詩だ。

青柄のシャベルで
雲の涯をほじくり
珊瑚を撒き散らし

駆けてゆく凮である
白い頸の猫は
星たちのさゞめきのかげから
月のまるい窓を窺つてゐる

黒い葩は散弾のやうに
淵に散つた

仄白い珈琲茶碗に
まだ日のにほひがのこつてゐる

たしかにいま読めば、作者本人がいうとおり「あまり上等」ではないかもしれないが、それがこちらのアンテナにひっかかったのはまちがいないのだ。単純な文体、あっさりしたイメージ、簡潔な響きのどこがわたくしを捉えたのだろう。決して押しつけがましくない、抑制のきいた、しかし十分刺戟的なことばの組み立てに、いままでの日本の詩の地平線のどこにも見られなかった風景がのぞこうとしているのを、少年のわたくしは感じとったのかもしれない。これら鮎川の初期詩篇には、抑制された地味なことばが多用されているけれど、彼の上質な抒情詩人としてのテクスチャーも明らかに感じとれるのであって、幼い文学少年が魅惑されたのは、まずその一点からだろうが、それでも、もう一度いうが、それまでその文学少年が少年なりに読みあさったすべての日本の詩とは、どこかちがうのだ。たとえば、「仄白い珈琲茶碗に／まだ日のにほひがのこつてゐる」という二行は、少年の心をクモの糸のように取りこんでしまって、ああ、こういう詩を書けたらいいなあ、という悩ましい望みを抱かせてやまなかったのだった。

「若草」誌上で記憶した鮎川信夫の名前を春山行夫、村野四郎、近藤東編集の「新領土」でみつけたのは翌年、一九三八年になってからで、そこでの鮎川詩篇は、〝時局〟を意識した詩行を含み、「若草」の諸作品とはやや趣を異にしていた。散文詩型式の亜細亜(アジア)詩篇(といっても三篇ほどだったが)で、それらもわたくしには十分おもしろかった。

＊

子どものくせに喫煙の習慣がついたのは、やはり一九三七年で、五銭か七銭のゴールデンバットを買っては、夜な夜な浅草の喫茶店街を徘徊(はいかい)し、手ごろな一軒に入ると徐(おもむ)ろにシガレットへ火をつけた。田村隆一が「不良少年の昼と夜」という文章で当時のわたくしのことを書いている(現代詩文庫『北村太郎詩集』、一九七五年、思潮社)が、そこで鋭く指摘されているように、たしかにわたくしは偽善者であった。偽善者というのが大げさで適当でないとすれば、少なくとも裏表のある少年だった。なにしろ三商ではいちおう学業、操行とも優秀とされている生徒のくせして、夜ともなると紅灯の巷をうろつきまわり、こそこそシガレットをふかして得意になっているのだから。なぜ、そんな少年になってしまったのだろう？　たぶん子どもと大人のあいだで中ぶらりんになっているあせりからだろう。少しでも背伸びして、大人という木の枝につかまりたくて仕方がなかったのだ。しかし、たいていの友人たちはまじめなのに、なぜ自分はそんなふうになってしまったのか、よく分からない。ただ一つはっきりしているのは、タバコが吸い始めからたいそうおいしかったことである。喫煙はたちまち習慣になってしまった。そして、間もなく母親に見つかってしまう。ある夜、街の徘徊から帰って、二階の部屋で上着をぬいだとたん、ゴールデンバットの緑の箱が、ころころと畳の上にころがったのだが、折あしく母がその部屋で繕いものかなにかしていたのだった。母は顔を上げ、目を三角にして、「タバコ吸ってるの、おまえ？」といった。うん、と口に出していう勇気もなく、黙ってうなずくと、「子どものくせに！」ときびしい口調でいった。ところが、そのあと、さっさとタバコをやめなさい、とも、もう吸っちゃだめだよ、ともいわなかった。母はそれほど口数の多い女ではなかったが、このときはタバコについての己れの思い出話を懐かしそうに話し出したのだった。明治生まれの女、とくに商家のおかみさんにはタバコを吸う人が少なくなかった。母はもともと商家の出ではなく、信州の養蚕兼農業の家に生まれたのだけれど、畑仕事の合い間に喫煙を覚え、一生この習慣を廃することがなかった。「おまえ、いくつだっけ?」と母はいい、わたくしが答えると、「そういえばわたしも十五、六のときから吸っていたっけ」と、初めてのんだタバコがどんなにおいしかったか、目を細めてぼそぼそと語った。「でも、人前で吸うんじゃないよ」と釘をさされたが、もちろんわたくしは夜の喫茶店街に出入りしていて、たくさんの人の前で喫煙するのがもう平気になっていた。

この年から翌一九三八年(昭和十三年)にかけて、いろいろな雑誌に投稿した。「若草」には詩と短歌を熱心に投稿したが、詩はたしか堀口大学が選者のとき、一度だけ佳作に採られただけだった。短歌は三、四回、やはり佳作に入選した。一九九〇年、『北村太郎の仕事』全三巻が思潮社から刊行されたが、その折、編集者の大日方公男君が古い雑誌を渉猟して、旧作の短歌をいくつかみつけてくれた。

この非常時に歌などよむなと父上の云ひ給へるが悲しかりけり

(「若草」一九三八年一月号)

戦地より便り来にけり自ら心締りて読みにけるかも（同四月号）

選者は金子薫園のはずであるが、ちっともおもしろくない歌で、佳作にしてもよく採ってくれたものだと思う。初めの歌をいま読むと、父には歌作りをしているのを知られていたようだけれど、叱られた記憶はない。父はすべてに寛大な人だったから、よほど機嫌のわるいときにでも咎められたのだろうか。

当時の文学青少年の投稿雑誌には、ほかに「蠟人形」があって、こちらは西条八十が主宰していた。ここにもせっせと詩や短歌を送ったが、詩が入選したことはなく、短歌だけが採られた。選者は茅野雅子で、この人は旧姓増田。与謝野晶子、山川登美子と日本女子大学国文科に在学中、『恋衣』を共著で出した歌人で、のちに詩人でドイツ文学者の茅野蕭々に嫁いだ。茅野雅子は二度、特選欄にわたくしの作品を採ってくれた。

弾のあとに血のかたまりて山陰に雀子一羽死にてゐにけり

（「蠟人形」一九三八年五月号）

あはれ父母我が眼の前に醜くもあらそひたまふいかにかはせむ（同八月号）

特選は十首前後が見開きの二ページに大きな活字で組まれた。前のほうの歌はその特選の中のトップ、後のは二番めに入っている。茅野雅子の評は、前のは「感情の説明はないが、無残な小鳥の姿を明瞭に描き出してゐる。『血のかたまりて』の表し方も適確である」、後のは「純粋な子供心の狼狽がよく出てゐます。結びの句で生きてきました」とある。両親の喧嘩を歌にするなんて、可愛気のない子どもだが、もうこちらは十五歳、大人のなりかけであり、ほんとうは「いかにかはせむ」などと大して「狼狽」していたわけではなかった。「狼狽」のあまり大声で泣き出したのは小学校の五年生くらいまでで、父母の喧嘩はそうしょっちゅうではなく、せいぜい年に二、三回だったと思うが、始まるとなるとものすごくて、父が母を打擲（ちようちやく）するような場面はほとんどなかったが、声を荒らげての口論のあげく、結局は母がヒステリー状態になって泣きわめくのだ。幼・少年時には、それが怖くもあり、悲しくもあって、そのあまり目撃している自分が母に負けぬ大声で泣き出してしまう。もちろん、こんな家庭内の小事件でも子どもの心に消し難い暗い思いを刻むもので、だからわたくしは、ぼく、大人になって結婚し、子どもが出来たら、絶対にその前では喧嘩しないようにしようと、小学校のころに決心したほどだった。いうまでもなく、こんな決心は後年、まったく無に帰してしまった。わたくしの両親の喧嘩はたぶん他愛ない、それこそ犬も食わぬ種類のものだったろうが、自分が惹き起こした夫婦喧嘩は深刻の極に達し、子どもたちには「いかにかはせむ」どころではない、たいへんな恐れと悲しみを与えてしまったのだが、それについてはあとで触れたい。

投稿の話に戻ろう。わたくしはあちこちに詩や短歌を送ったが、一回、いたずら半分に「令女界」という文学少女向けの雑誌に抒情小曲を投稿したことがある。むろん女の名前でなければ採ってくれないので「片岡加代子」とした。これは実在の人物で、わたくしが三商通学で毎朝毎夕利用していた民営の城東バスに、同じ停留所から乗り降りする市立高等女学校の生徒の名前だった。切れ長の目をして、頬はいつも血色よく輝やいており、少年の自分は、これこそぼくの初恋とばかり、ひそかに思いを寄せるようになった。彼女は田島町（現在は西浅草）の金箔屋(きんぱくや)の娘で、こちらが二年生のときに市立高女に入ったから、たぶん年齢は一つちがいだったろう。鞄に付いている名札かなんかで名前を知ったのだけれど、付け文をしたこともなければ話を交わしたこともない。ひたすら熱い思いで相手の顔をちらちら盗み見るだけだった。その子の名前で書いた七五調か五七調の抒情小曲は首尾よく入選して活字になった。それからしばらく、K・K（とわたくしは当時の日記に書いていた）の様子をうかがっていたが、なんの変化もない。どうやら「令女界」なんて雑誌、まったく関心の外にあるようだった。

K・Kへの初恋は、ほどなく自然消滅した。消滅というのはおかしいが、なんともこっけいな形で終わってしまったのだ。というのは、こちらが三年生になり、むこうが二年生になるころから、K・Kのほうの背丈がぐんぐん伸びて、いつの間にか十センチメートルほども差をつけられたのだ。いくらかわいい子でも、こちらがぐっとチビでは興ざめにならないわけにはいかなかった。

詩、短歌の投稿は三商の四年生までつづけた。短歌はたいてい採られたが、詩のほうは前に書いたとおり、佳作で一度入選しただけで、成績はまったく芳しくなかった。その割りに投稿欄は「若草」「蠟人形」とも、詩の部にだけ熱心に目を通し、優等投稿者の鮎川信夫や秋篠ナナ子、三城えふらの入選作をいつも感嘆しつつ繰り返し読んだ。中桐雅夫の名前を覚えたのは「蠟人形」誌上だったろうか。当時の彼は十八、九歳、神戸高商にもう入っていたはずだが、なかなかかっこいいモダニズムの詩を書いていて、すぐにこちらの頭に、これもかっこいい「中桐雅夫」なる名前が刻みこまれた。

3　ルナ・クラブ参加

一九三八年（昭和十三年）から翌年にかけてというと、商業学校の四年生から五年生になる時期だが、このころ主に読んでいた雑誌は、繰り返すことになるが「若草」「蠟人形」それに「新領土」で、前の二誌は投稿欄を看板にした文芸雑誌で、いわば文学青少年向けだったが、これに比べると「新領土」は遥かに程度が高かった。高いどころか、まるで次元のちがう世界のように思われた。しかし、程度や次元がどうちがおうと、文学の世界は一人の少年に〈ちがったものとして同じ関心で〉受け入れられるものらしい。わたくしは詩もいろいろな展開で変化するものであるのを知り、佐藤義美さんの影響などもあって、結局はモダニズムの詩へ徐々に関心が向かうようになったが、ほかの二誌にも時たま、どんな文芸雑誌にも載らないような記事があって、しばらくは「若草」や「蠟人形」から離れられなかった。たとえば若いころの大島博光が「蠟人形」に書いたダダやシュルレアリストについてのエッセイはたいへんおもしろかった。

その「蠟人形」の読者のたよりみたいな欄で、すでに名前を知っている中桐雅夫が、彼の主宰している同人誌「ルナ」への参加を求める文章を読んだのは一九三八年の夏のころだったと思う。その「ルナ」に鮎川信夫が加入しているのは、どんな情報からか、こちらはすでに知っており、こりゃすてきなチャンスだとばかり、さっそく神戸市の中桐あてに加入申し込みの手紙を出した。すぐにはがきで返事が来て、それには申し込みを承知したと記されていた。申し込みのときに作品数篇を送ったはずだから、いちおう中桐は合格点をつけてくれたのだろう。彼のはがきには、ルナ・クラブ東京支部というのがあるから、そこの鮎川信夫くんに連絡して、ぜひお会いなさい、というようなことも書いてあり、鮎川くんは「ワセダ」の第一高等学院の生徒さんです、と付記してあった。わたくしは冒頭に書いたとおり、すこぶる記憶力の弱い人間だが、中桐から初めてもらった便りに「ワセダ」とカタカナで書いてあったのをはっきり覚えている。取るに足らぬへんなことを記憶するというのはだれでも経験することらしいが、脳髄なるものの作用はまったく不可解である。

中桐からは別便で「ルナ」の最新号が数冊送られてきたが、いまの週刊誌ほどの大きさで、二十ページから三十ページの薄さながら表紙も本文もなかなかしゃれた出来で、すっかり嬉しくなってしまった。旧「荒地」の同人、牟礼慶子さんは、鮎川信夫が死んでから彼の資料を熱心に収集し、その生涯を辿って綿密な伝記を書き進めているが、資料の一部である「ルナ」「ル・バル」をコピーしてわたくしに贈ってくださった。戦災でそれらをすべて失っていたから、じつにありがたかった。いま、「ル・バル」の旧号を調べてみると、わたくしが同誌に加入したのは十六号（「ルナ」からの通巻号数）からで、この号は一九三八年八月末発行と奥付けにある。「ル・バル」は初め「ルナ」という誌名で、「ル・バル」と改称したのはわたくしが加入する二カ月前の十四号（一九三八年六月発行）からだった。同人の組織を「ルナ・クラブ」と称していたが、これは誌名変更ののちも同じだった。「ルナ」は「月」、「ル・バル」は「舞踏会」で、いま思うとずいぶん軽薄な命名のようだが、それは外来語が氾濫している現代だからこそいえるので、当時十五歳の少年だったわたくしには、なかなかフレッシュな同人誌名のように思われた。「ルナ」の古い号のページを繰っていると、島尾瓢平なる詩人がモダニストにしてはずいぶん地味な、どちらかというと不器用な作品をいくつか発表しているが、この人は後年の小説家・島尾敏雄で、「ル・バル」になったばかりの十四号で同人をやめている。

わたくしが「ル・バル」へ入ったとき、同人は編集者・中桐雅夫以下、合計十七人で、鮎川、衣更着信、山川章（森川義信）は古くからのメンバーだった。同人費は一月二円で、そのころの大学出公務員の月給は七十五円くらいだったから、さして高いとはいえなかろうが、親がかりの学生・生徒にしてみれば少なからぬ額だった。わたくしは月に十円ほど小遣いをもらっていたから、子どもとしては〝高給〟だったはずだが、古本屋めぐりをして金を使うばかりか、生意気にタバコを吸ったり、夜な夜な喫茶店に出入りしたりしている身としては、やはりばかにならぬ額の同人費だったと思う。「ル・バル」十六号に同人消息欄があって、そこにわたくしは「準備灯火管制で流石の浅草もこのごろはづつと静かです。僕にはその方が良いらしい。僕は目的のないプロムナアドが大好きでよく公園の周りをうろつきます」などと書いていて、十五歳のころから〈うろつき〉が好きな癖が始まったのを再確認できたのだけれど、同じ欄で鮎川は「鎌倉へ行くつもりでゐたのですがまだ行きません。金がないので歩いて行かうと思つてゐます。宝塚へ行つた夜だけ楽しかつたです。矢張り、銀座で遊びますと記していて、宝塚や銀座で遊びながら、東京から鎌倉まで「金がないので歩いて」行こうというのはおかしいが、それほどにも昔のわたくしたち未成年（当時の鮎川は十八歳）は、適度の裕福・適度の貧乏を楽しんでいたのだろう。ちなみに「ル・バル」十六号の頒価は一部十五銭だった。

さて、十六号に初めて寄せたわたくしの詩はBOHEMIAN CHANSONなる怪しげなタイトルの短詩だった。

脚のない建築が
虚空に乳色に睡ると
杳い森の手風琴はもう聞えない
やがて夕暮も
白い翳をのこして
消え去つてしまふ

★

ああ!
蒼い顔が崩れてゐる
白蛾が笑つてゐる
星座が疲れてゐる

洋燈は莨のけむりに

墓標のやうに息を吐く

颱風が夢に沈むとき

なんとものんきな詩だが、同じ号に書いている鮎川信夫の詩は「夏のSouvenir」というタイトルで、これもまたいささか悠長な作品である。

モクロジの下で
パイプの腹があたたまる
青い煙が枝を登り
枝に小鳥はゐない

で始まる二十六行の詩で、以下モクロジの木とパイプと、それを見ている人とが軽やかに交感するという仕立てになっている。山川章（森川義信）のごときは、

Ⅰ

テラアスにちかい海の日は
アメシストの鏡から水もながれる
だから　頬をみがけぼくのアリサ
葉ざくらのかげでお前は青い花だ

Ⅱ

ハアプがながれてゐる月夜
葡萄の木蔭はフオルマリンの匂ひがいつぱい
歌のやうにぬれたこころを
こほろぎがくすぐりはじめる

のような抒情小曲ふうの「習作」と題する詩を書いている。前年の夏に日支戦争（当時の呼称で支那事変）が始まっており、世相はようやく険しくなりつつあった。鮎川は早稲田第一高等学院の二年で、一年前には先に引用した「寒帯」「夕暮」のような抒情詩を書いていたのだが、この年（一九三八年）の詩はまったく様変わりしている。「ル・バル」十四号に寄せた「少年のスピイド」の1の全行を引いてみよう。

自転車に乗つてゐる少年は自転車のスピイドをもつ
それは口笛のためのスピイドであつた
有効なスピイドについて考へることを欲する少年は一個の白い帽子をかぶつてゐる
白い帽子は頭のアリカ教へるとともに日の匂を発散させる
日の匂を発散させる少年は青い麦の芽である
ピカピカ光る自転車は他のピカピカ光る自転車と競争する
やがて純白の雲の中にチョコレエトの肩が見えなくなる
青い麦の芽の匂が向日葵のあたりにのこる

鮎川はこの年早々、春山行夫、村野四郎、近藤東編集の月刊同人詩誌「新領土」に入っていた。「新領土」はその名が示すとおり、イギリスのT・S・エリオット以後の主流となっていたニュー・カントリ派（W・H・オーデン、C・D・ルイス、スティーヴン・スペンダーら）にあやかった命名だが、詩の傾向はまるでちがっていた。ニュー・カントリの詩人たちは青年時、共産主義の洗礼を受けていて、人間や社会への態度に深みや幅の広さがあり、むろんイギリス詩の伝統をしっかり受けついでいた。一方で、「新領土」は主知主義を標榜し、西脇順三郎、北園克衛ら、超自然主義、フォルマリスムに拠る詩人たちと一線を画して、彼らより進んだ現代性を目ざしていたようだが、書かれたのは自己満足的な風刺詩（サタイア）、モダニズムから変貌した妙な健康礼賛詩（?）などで、鮎川加入以前に作品として見るべきものはほとんどなかったといってよい。日本の軍国主義化という時勢を考えに入れても、収穫の乏しかった同人誌というほかない。

鮎川は「少年のスピイド」を書く前に、「新領土」に「花」「河」など、いわゆる亜細亜詩篇を寄せていて、これらには日中戦争が始まったばかりの時局へのひそかな目くばりがあるけれど、すぐに詩作品は当時の「新領土」的な、妙な明るさのあることばの世界に戻ってしまった。「少年のスピイド」「夏のSouvenir」「楽器の世界」などがそれらの作品である。

わたくしが「ル・バル」に加入し、初めて鮎川と会ったのは、彼がこのような詩を書いているころだった。中桐の指示に従って淀橋区柏木（現在の新宿区北新宿）の鮎川宅へはがきを出すと、間もなく東京ルナ・クラブのパーティの通知が来た（どういうわけか、ルナ・クラブの集まりは会合とか例会とかいわず、パーティと呼ばれていた）。会場は東京駅八重洲口の八重洲園という喫茶店で、浅草からはごく近い場所にあり、田原町で地下鉄に乗れば二十分ほどで行けた。八重洲園はかなり広い喫茶店で、小さい集会によく利用されていたようだったが、その日の夕方、わたくしが三商の制帽をかぶって入っていくと、奥のほうにそれらしい男女が七、八人談笑していた。だれかがこちらの名前を呼んでくれて、すぐに椅子へすわらされた。そのとき出席していたメンバーをいま、いちいち覚えていないが、鮎川、衣更着信、三輪孝仁、それに同じ号から新同人になった北山鳩子らがいたのはまちがいない。鮎川は早稲田第一高等学院の制服を着ていて、もう髪を伸ばしていた。わたくしは頭に大きな禿があるのが羞かしくて、ずっと帽子をかぶりっぱなしでいたと思う。

初対面の席でルナ・クラブの面々がどんな話をしていたか、いっさい記憶にないが、鮎川が新入りの同人にいろいろ気を使ってくれたこと、彼のいうことが他のどの人たちの意見よりもよく理解できたことを覚えている。鮎川は当時十九歳だったはずだけれど、均整のとれた長身、黒い太縁の眼鏡、広い額、切れ長の澄んだ目が印象的で、ずいぶん大人っぽく見えた。そのころのわたくしは松村という本名で詩を書いていて、鮎川はこちらを「松村くん」と呼んだが、十五歳のわたくしはもちろん彼だけでなく、すべての先輩を「さん」づけで呼んだ。神戸にいる編集人・中桐雅夫のことも「中桐さん」とさんづけで話題にした。同人同士と敬称ぬきの「きみ」「ぼく」で話すようになったのは敗戦後になってからである。

八重洲園に同人が集まったのは二、三回で、その後は新宿の中村屋、ノヴァなどを使うことが多かった。浅草から新宿までは遠く、そのうえパーティのあとはたいてい酒が入るので、アルコールに弱いわたくしはあまり新宿での会合に顔を出さなかった。しかし、数少ない同人たちとの交際の機会を重ねるにつれ、わたくしは鮎川への尊敬と親炙（しんしゃ）の念が高まるのをはっきり感じていた。わたくしは席上、たいていは黙って先輩の議論を謹聴していたが、前記のように鮎川の話がいちばんよく理解できただけでなく、議論が揉（も）めたときの彼の意見や判断もこちらの胸にすっきりと納得できることが多かった。話がこんがらがって収拾がつかなくなったりすると、それを手際よくほぐしてまとめる才能も見事で、こりゃあすごい秀才だな、と思わないではいられなかった。以後、わたくしは鮎川と四十八年つきあうことになるが、自分の生涯で彼ほど知性、感性のすぐれた人物は一人もいなかったと思う。もっとも鮎川との交際が繁くなったのは戦後になってからで、さっき書いたようにルナ・クラブのメンバーは新宿に集まることが多く、そのころの鮎川は森川義信、竹内幹郎など、早稲田の学友との親交を重ねていた時期にあったと思う。

わたくしたちの同人誌「ル・バル」は、構成員のほとんどすべてが学生・生徒で、年齢はいちばん上でも二十歳そこそこだった。在籍する学校は神戸高商、姫路高校、早稲田、慶応、明治学院、東京外語、津田英学塾などで、中等学校の生徒は三商四年のわたくし一人だけだった。当然ながら先輩詩人の話や議論が難解だったから、わたくしは耳学問で読むべき本などを探り、なんとか彼らに追いつこうと努めた。萩原朔太郎はとっくに最盛期をすぎていたし、三好達治らの「四季」の抒情性にいくらか感心はしながらも、やはり甚だ物足りないところがあった。ひとことでいえば抒情の内容が幼稚であったり音楽性が単調であったりして、ようするに二十代前後の詩人が精神を震撼されるような作品ではなかったのだった。西脇順三郎や北園克衛らのモダニストのレトリックのほうが、日本の伝統とはまったくかけ離れた言語世界を構築していただけに、少なくとも新鮮な言語感覚を持っていて、若いわたくしたちになにがしかの刺戟を与えたのだった。詩の世界で西脇、北園らはモダニストであって、もちろん少数派だったわけだが、朔太郎や達治ではなく、モダニストの列に加わろうとしていた「ル・バル」の詩人たちには、少数派に加わることで前衛（アヴァンギャルド）の意識が、いくらか奇妙なかたちではあるが、あったように思う。〈奇妙なかたち〉といったのは、たとえば次に引用するような「ル・バル」の同人募集の広告に表れている。

（1）詩人にもいろいろある。古池を見て喜んだり、お月さんを見て泣いたりする。機械の美しさよなどとカンタンしてベルトに捲きこまれ、死んでしまつたりする。こんな詩人には用がない。僕たちはライジング・ゼナレイションだから、過去的過去はすててしまふ。
（2）あらゆる意味で健康でなければならぬ。従つて所謂、蒼白い文学青年ではあり得ない。

（「ル・バル」19号　一九三九年二月刊）

軽薄といえば軽薄にちがいないが、しかし（1）で述べられているのは〈過去的過去〉との訣別であって、これは中桐雅夫が後年、「やせた心」で書いた「戦いと飢えで死ぬ人間がいる間は／おれは絶対風雅の道をゆかぬ」（『会社の人事』所収）の、〈風雅の道〉のことでもあろう。あるいは、なんの発展も期待できないような過去の残滓（ざんし）のようなものであったかもしれない。風雅とか過去とかいうものが浅くしか捉えられていないのは詩的モダンボーイたちの弱点であったろうが、朔太郎、達治、それに中原中也の世界から離れようとすれば、幼稚であるにしても、ごく自然な宣言だった。

さて、次の（2）で述べられている〈健康〉とはなにか。「あらゆる意味で」とあるから、心身ともにすこやかであるべきだというのだろうが、いま読めばまことにもって不可解な表現としかとられないだろう。健康、すこやかなることを主張するのは、要約すれば、従来の〈詩人〉ということばに含められていた一種の不健康性をいっさい排除しようというマニフェストだったのだろうか。そうだとすれば、これも古い一つの観念を打ち破って、知と理を重視することを目ざす新しい詩人たちの態度として首肯できないでもない。日常生活でも感情的（非理性的）であり、酔っ払いであり、ろくに本も読まない勝手ものである退嬰的な態度を不健康として否定しようという心意気でもあろう。とはいえ、これらのマニフェストに前衛の強さはほとんど感じられず、ひどく防衛的な印象を与えるのは否めない。既成の価値を否定するアクセントも弱い。これでなにがアヴァンギャルドかと、いまならいわれそうだ。「ル・バル」同人の前衛意識なぞ知れたものだというわけである。

わたくしは最年少の同人で、入りたてのほやほやだったにしても、先輩の主だった人たちとの交友はまことに浅かった。少・青年期で年齢が二つ三つちがうというのは大変なことで、十五、六歳のわたくしには先輩のクラブ員がみな一人前の大人に見えた。事実、彼らは大人だったはずで、わたくしなぞよりずっと時代の重圧を感じていたにちがいなかった。支那事変は二年目に入って戦局の先行きはまったく不透明であり、国家総動員法が公布されて軍国主義体制は徐々に社会への締めつけを強くしていきつつあった。河合栄治郎の『ファシズム批判』が発禁になったのもこの年だった。「ル・バル」の先輩詩人たちがそうした時局の空気を敏感にかぎとっていないはずはなかった。〈過去的過去〉を捨てさるという宣言自体じつは大したことだったのである。わたくしはのんきにモダニズムの詩を書いて楽しんでおり、先輩のルナ・クラブ員たちの多くもそうであったろうが、少なくとも鮎川、中桐、それに姫路高校のグループは先鋭な詩作りの喜びを享受しながら、同時に時代の怖さを感じとっていたにちがいなかった。そういえばこんなことがあった——一九三九年春ごろだったか、新宿・中村屋の一室を借りてパーティを開いたのだが、鮎川や三輪、衣更着らが出席している席に、わたくしは少し遅れて出席した。いやに薄暗い部屋だったが、こちらは諸先輩に一礼してコーヒーを注文した。いつもとなんだか雰囲気がちがう。鮎川がしきりに話題を提供して席を引き立てようとしているけれど、鈍い反応しかない。ふと気がつくと、部屋の片隅のもっと暗い所に鳥打ち帽をかぶった見なれない男が一人すわっている。ときどき鋭い目を一座に走らせながら、黙ってタバコを吸っている。散会してから聞いたのだが、この男、警察の特高係刑事だった。こんな小集会でも、主催者か部屋を貸した店かは知らないが、警察へ届ける義務があったので、届けたからといってどの会合にもその筋の刑事が顔を出すわけではなかったろうが、ごくたまには「ル・バル」のような小人数のグループにも臨席して、いわばブラフをかけていたのだ。

いまでは考えられないことだが、書籍・雑誌などの印刷物はすべて内務省へ届ける規則になっていた。「ル・バル」のような発行部数せいぜい数百の片々たる同人雑誌でも警察へ二部（だったと思うが）送らなければならない。当時の雑誌の奥付けには、たとえば「ル・バル」19号なら、次のように記してある——「ル・バル19輯・昭和14年2月20日印刷納本……」。この「納本」というのが当局へ届けましたという自己確認の印しなのであった。

当時、鮎川信夫は前記のように「新領土」同人に入ったばかりだったが、彼はそちらの会合にも出席していたはずで、編集者の春山行夫、村野四郎、近藤東の三人は三十六歳、三十七歳、三十四歳であり、彼らは英米系文学、ジャーナリズムに詳しかったから、世界の中の日本の詩人の位置について、十五、六歳も若い「ル・バル」の同人とは比べものにならぬほど時局の重圧を感じていたにちがいなく、その雰囲気を若い鮎川は鋭く感じとっていただろう。「新領土」はモダニスト詩人の同人雑誌ながら、エリオット、オーデン、ルイスらの訳詩だけでなく、TLS（タイムズ・リタラリ・サプリメント）の書評などをこまめに訳して載せており、またヴァレリーの「アナレリタ」を翻訳、連載して、同時代の一般文学雑誌には見られない清新な魅力を持っていた。

話は前後するが、わたくしが「新領土」を初めて買ったのは浅草広小路に面した朝倉屋書店でだった。田原町から広小路に入って左側、鮨屋横町の入口を過ぎて少し行ったところの路地の角（かど）にあった本屋で、ここは浅草にしては珍しく、書籍も雑誌も豊富に取り揃えていた。「新領土」を買ったのは「ル・バル」に加入する少し前で、ページをめくっていたら「若草」でおなじみの鮎川信夫の名があり、さっそく求めたしだいだった。そこに彼は前記の亜細亜詩篇を書いていて、それまでに読んだ鮎川の詩と多少趣きがちがうなと思いながら、それでもわたくしは、さすがに鮎川の詩だ、どことなくフレッシュな印象があるな、と感心しながら何回も読み返したものだった。

鮎川の詩を別にしても、さっき書いたように「新領土」に載った翻訳詩、翻訳記事には人をひきつける力があった。しかし、こちらはおもしろがってそれらを耽読（たんどく）するだけだけれど、編集者としては時局柄、ずいぶん神経を使っただろうと思う。春山、村野、近藤らは当時のインテリのなかでは少数派で、よくがんばったほうだが、しかし、三年、五年とたつうちに遂に持ちこたえられなくなり、一九四三年（昭和十八年）ごろには『辻詩集』『愛国詩集』に愚劣な作品を寄せるようになってしまう。わたくしは「新領土」同人にはならなかったが、「ル・バル」からは鮎川以後、中桐雅夫、三好豊一郎、田村隆一が同誌に入り、それで「新領土」もずいぶん身近な存在になった。「新領土」の会合に、わたくしは同人ではなかったが、三、四回、出席したことがある。戦後しばらくたって近藤東に会ったとき、「きみは会のとき、中学の制服制帽で来ていたなあ」といわれたように、三商の四、五年生のとき、たまに顔を出していたのだ。その会で春山行夫を見た覚えはないが、村野と近藤は活発に発言していたのを記憶している。ほか同人では永田助太郎がじつに印象的だった。やたらに酒をあおり、元気いっぱいシャレや冗談をいってイギリスの新しい詩の話をしていた。戦後になって助太郎を読んで驚いたのだけれど、まだ詩を書き始めていくらもたたないデイラン・トマスにこのころ言及してもいたのだった。

わたくしが「新領土」に入らなかったのは、先輩がだれも勧めなかったからで、なぜ勧めなかったかといえば、こちらの詩がよくないと思っていたからに相違なく、そして、そのことをわたくし自身自覚していて、あえて加入を申し込まなかったからだった。わたくしは自分の作品にはまったく独自性が乏しいと思った。とてもこんな詩を書いていてはだめだと何度溜め息をついたことか。この思いはそれから後も間欠的に繰り返され、戦争が終わってからも三、四度、同じ経験をしつこく味わっている。

4　第二次大戦

田村隆一と知り合ったのは一九三九年（昭和十四年）になってからだったろうか。田村という生徒が佐々木萬晋なる同級生たちと詩の雑誌をやっているらしいという噂がどこからともなく入ってきた。わたくしたちは三年生の初めのころから始めたガリ版同人雑誌「帆かげ」をまだ出していたが、四年生になってから以後、外注の謄写版屋に印刷を頼むほどに出世（?）していて、同人の数も十五、六人になっていた。内容は相変わらず詩、短歌、俳句の三本立てで、わたくしはほとんど詩を書いていたが、時折は俳句も作った。短歌はそろそろ飽きてきて、このころにはほとんど興味を失っていた。

田村、佐々木が出していた同人誌は「エルム」という名で、そこに二人はなんだかよく分からぬへんな詩を書いていた。山田岩三郎なる前衛的詩論家・美術評論家がいて、この先生の影響を受けていたらしい。田村の家は大塚駅のごく近い沿線にあった。

祖父の代から鳥料理屋で、屋号を「鈴むら」といい、かなり大きな店だった。佐々木は大塚三業地帯の芸者置屋の子で、二人は小学校から三商にかけての同学年生であり、大の仲好しでもあった。「エルム」の発行元はリリー・クラブと称していたが、このリリーは佐々木の家にいたかわいい抱え芸者、リリ子にちなんでの命名だという。

旧制商業学校の三商は一年から五年まで各五クラスあり、一クラスが五十人ほどの生徒で構成されていた。学年が変わるごとに生徒が入れ替えられるきまりになっていたが、それまでわたくしと田村は同じクラスになったことがなかった。四年生の終わりごろ、田村隆一が詩を書いていると聞いたのち、あれがその田村と顔を覚えるようになったのだけれど、十六歳の彼はなかなか清潔な印象だった。天気のいい春の昼休みの時間、校庭の隅で馬跳びかなにかしてたくさんの級友と戯れていた彼は背が高く、切れ長の目がきらきら輝やいていた。昔のことだから生徒はみんな坊主刈りで、田村の刈り立ての頭はほかのだれよりも青々と健康に光っていた。声がまた変わっていた。いやに早口のその声は胴間声というのか、日当たりのいい校庭によく響いた。笑い声がいっぷう変わっていて、痙攣（けいれん）的で甲高（かんだか）かった。

田村隆一、佐々木萬晋とはすぐに友だちになった。佐々木ともクラスをいっしょにしたことはなかったから、交友は新鮮だった。わたくしたちは最新の詩の情報を交換し、西脇、春山、村野といった現役モダニストの詩や評論を話題にした。彼ら二人は大塚から浅草へ、わたくしは浅草から大塚へと、地下鉄（浅草線）、省線（現在のＪＲ）を乗り継いで相互訪問を繰り返した。わたくしが夜の浅草へ遊びに来た二人を喫茶店に案内し、タバコを吸ってみせると、二人はびっくり仰天したが、たちまち彼らはこちらの悪癖に染まってしまった。二人は三業地に育っていたが、よほどわたくしよりまじめだったのである。浅草では「伯林（ベルリン）」「サイネリア」などの喫茶店へよく通った。「伯林」は当時のいわゆる電蓄でクラシック音楽ばかり流していたが、「サイネリア」とか地下鉄横町の「ボンソアール」「ピッコロ」などはジャズが主だったと思う。大塚では天祖神社近くの「パンテオン」「ベル」などに出没したが、「パンテオン」はシャンソン喫茶で、美しい姉妹が客をもてなしていた。「巴里祭」「リラの花が咲くころ」などの曲を覚えたのはここでだった。

四月にわたくしたちは三商の最上級生になり、そのころ田村、佐々木を「ル・バル」に紹介したはずである。二人はもちろんすぐに同人になり、新宿の鮎川、森川、衣更着、それに鮎川の早稲田での同級生・竹内幹郎、その弟の疋田寛吉らと知り合うようになった。そのうちにわたくしたち三人は「ル・バル」だけでは物足りなくなって、三商グループ（鮎川たちがわたくしたちのことをこう呼んだ）だけで新しい同人誌「アンバルワリア」を創刊することにした。堀越秀夫、島田清など、同学年の友だちをひっぱりこんで、こんどは活版刷りを奮発した。商人の子ばかりで、格別多くの小遣いを親からもらっていたわけではなかったが、いったいどう費用を工面したのか、まったく覚えていない。国語教師の義美さんも応援してくれ、創刊号の表紙は義美さんの弟、佐藤長生さんが描いてくれた。義美さんの話では、弟さんは上野の美校の洋画科を首席で卒業したということだった。しかし、せっかくの新雑誌も二号か三号でつぶれてしまった。費用がつづかなかったせいもあろうが、五年生になってお互い、身辺がなにかと忙しくなってきていたのだった。つまり、卒業後の身の振り方が問題になり始めていたのだ。

三商の同学年生約二百五十人のうち、上の学校へ進むのはせいぜい五十人ほどで、残りは自家の営業を継ぐか就職するかだった。田村はいずれ家業を継ぐにせよ、いちおう就職を希望していた。わたくしも双生児の弟ともども、卒業後は就職するのを当然と思い、その心づもりで学校の斡旋（あっせん）に従った。志望先の企業はこちらで選ぶことができて、わたくしは少しでも英語を勉強できるところがよいと考えて、横浜正金銀行（のちの東京銀行、現在の三菱ＵＦＪ銀行）の試験を受けることにした。秋に入ってから同銀行の東京支店で入社試験があり、筆記テストはほとんど英語の問題ばかりだったが、たいそうやさしくて、難なく入行と決まった。弟は三菱銀行にパスし、田村はなぜか東京瓦斯（現在の東京ガス）を希望して、これもめでたく合格した。

日中戦争も三年目に入り、一般市民の消費生活は少しずつ窮屈になりかけてはいたけれど、軍需産業を始めとする企業はおおむね好景気だったから、商業、工業学校など、中等実業学校卒業生の就職は至って楽な時代だった。就職希望者はほとんど全員、当時の一流企業に入ることができた。わたくしが入行を望んだ横浜正金銀行は、当時半官半民の会社で、外国為替を一手で取り扱い、従って海外支店が全銀行のうちで最も多かった。英語の勉強ができそうだという単純な理由で無事に試験をパスし、もちろん当座は嬉しくなくはなかったが、しばらくたつとひどく気が沈んでしまった。もうこれでおれの人生決まったな、と思わないわけにはいかなかったのだ。詩のほうにも次第に気が乗らなくなっていった。一度決めた進路をあっさり変える意欲もなかったし、本でも読んで気晴らしをするほかなかった。詩や小説をあれこれ読み散らす習慣はつづいていて、だからそれで時間つぶしはけっこう助けられたけれど、あとは田村や佐々木と始めた同人誌「アンバルワリア」にかこつけて、大塚へ遊びに行くくらいしか楽しみはなかった。

このころ熱中して読んだ本が二冊ある。どれも詩や小説ではなく、一つは波多野精一の『西洋哲学史要』、もう一つはジーンズ著・鈴木敬信訳『神秘な宇宙』で、前者は次兄が上智大学で使っていた教科書、後者は前の年に創刊されたばかりの岩波新書の一冊だった。波多野精一の本はギリシャから最近世までの西洋哲学を要領よくまとめたもので、わたくしが某夜、四畳半の部屋でその本を読んでいると、三階（浅草のこの家はむろん木造だったが、部屋数が少ないので、もう一階継ぎ足していた）の兄が下りてきて、「おまえ、そんなもの読んで分かるのか？」と訊いたことがあったけれど、中学四、五年生なら十分に理解できる明快さがあった。一方、ジーンズの本は表題どおり宇宙物理のいわば通俗入門書で、アインシュタインの相対性理論まで採り入れて、最新の情報が分かりやすく説明されていた。『西洋哲学史要』は全文が文語体で、大きな活字で組んであったように記憶している。西洋の哲学者が自然、宇宙、人生、人間をどのように捉え、考えていたか、歴史の経過をたどりながら自然に会得できるように記述されていて、わたくしは繰り返して三、四度読んだが、少しも倦きなかった。『神秘な宇宙』も同じで、もともと理科系に弱い頭ながら、著者の巧妙な語り口に魅せられて、何度読み直したか知れないほどだった。

*

父母が所用で出かけたり、ほかの仕事で忙しかったりしたときは店番をやらされた。店番とは奥の一角にしつらえられたキャッシャーの係ということで、高さ五十センチ、広さ半畳ほどのたたみに敷いた座ぶとんにすわって、現金の出納に当たったり、出前の電話に応答したりするのである。父に言いつけられて断わったことはなく、暇なときなら本や雑誌も読めたから、別段退屈することはなかった。客がたてこんでくれば、調理場も客席も騒然としてきて物を読む余裕などなかったが、それはそれで活気があり、気分転換にはあつらえ向きではあった。店は狭くて、客席は椅子席、畳席合わせて二十五人も入れないほどだったから、ウェーター（またはウェートレス）は一人いれば間に合うことが多かったが、満員になれば店番をしているわたくしなり弟なりが手伝った。店の屋号は「小松庵」で、名前のとおり日本そばが専門だったのだが、父親は自分の代になってからまずシナソバをメニューに加え、それから次第に中華料理、洋食へと広げていった。洋食といったってカレーライス、カツライス、ハヤシライスのたぐいであり、中華料理も中華丼、チャーハンといった程度の品物をそろえたにすぎなかったが、そのほかにミツマメや汁粉、夏になれば欠き氷（氷水）まで商っていたのだから、父の発展欲にはすさまじいものがあった。当時、日本そば専門でこんな商いざまをするところはなく、ひとつ間違えれば店をつぶしかねない冒険だったと思うが、結局この多品目生産方式は大成功を収め、周囲の商店、住宅街はもちろん、六区の興行街からも客がくるようになった。出前も繁盛して、多いときには出前持ちだけで四、五人の従業員がいた。昔のことだから自転車に乗り、片手に丼やせいろを載せた盤台をかついで運転していくのだ。彼らはそろって名人級で、途中で落としたなどという例はほとんどなかったと思う。六区の映画館や芝居小屋にも小松庵の出前は行き届いていて、裏の国際劇場は松竹少女歌劇団が常打ちにしていた大劇場だったが、ここで新しい演し物をやる直前の総稽古の折など、もりそばが一度に七十も八十も注文されることがあった。

話は前後するが、浅草花月劇場で「あきれたぼういず」を旗あげしたのは一九三七年（昭和十二年）の秋だった。初めのメンバーは川田義雄（晴久）、益田喜頓、坊屋三郎、芝利英で、芝利英はたしか坊屋の弟で、その後、山茶花究と入れ替わったはずである。このメンバーは父の店の常連で、一カ月払いのツケで食事をしていた。川田は「あきれたぼういず」結成以前から、この小屋のオペレッタなどで美声のテナーとして知られていて、そのころから店のお得意だった。もう一人、町田金嶺というバリトンがいて、この人もよく店へ食べに来た。町田の奥さんは日活の女優・近松里子で、初めて近松が店へ来たのは一九三八年ごろと思うが、わたくしは世の中にこんな美しい女がいるのだろうかと、しばらく呆然としていた記憶がある。

川田義雄や町田金嶺に、わたくしは「坊や、坊や」とかわいがられ、よく無料で花月劇場へ入れてもらった。町田か川田か忘れたけれど、ダンサーの楽屋まで案内されたことがあり、いい匂いのするきれいなダンサーたちにかこまれて、「あら、坊や、いい子ね。もっとこっちへいらっしゃい！」などとからかわれ、真っ赤になってしまった。川田義雄というのはおもしろい人で、わたくしをただで客席へ入れてくれた或る夜、「きょうは坊やの店の宣伝をしてやるからね」といって、実際そのとおりやってみせた。そばを食うシーンがあったからなのだが、川田は舞台でそのそばを食いながら、「うめえそばだよ、こりゃあ。やっぱり合羽橋通り小松庵のそばは、日本一だなあ！」と、いまでいえばアドリブで満員の客席へどなってくれたのだ。

レヴュー小屋のような環境にかこまれてわたくしは思春期の大部分をすごしたのだから、たとえば自分の〈女観〉について影響を受けないわけにはいかなかった。さっきダンサーたちの匂いについて書いたが、きれいでいい匂いがするひとがいつまでたってもわたくしの理想的な女だったような気がする。川田義雄にダンサーの楽屋に案内されてから間もなくわたくしは文学少年になったのだが、楽屋の印象はいつまでも心に残り、レヴュー一座の座付き作者で一生を過ごせたらいいなと、このあと、何度もまじめに考えたものだった。ようするに生まれつき享楽的、感覚的なものに惹かれる性分のようなのだ。人間は似たりよったりで、男ならだれでもわたくしと変わらないかも知れないが、少なくともその程度が他人よりかなりひどいのではないかと、この年齢まで思いつづけてきたのはたしかである。

さて、中桐雅夫が突然上京してきて、在京同人を驚かせたのは、一九三九年（昭和十四年）の初夏のころだった。或る日、銀座コロンバンに来たれ、という電報が中桐から届いた。思潮社版『中桐雅夫全詩』の年譜には次のように記してある。

春、英作文と教練の時間数不足で進級不可能となり、「親父の貯金通帳を盗み出して金をおろし、上京した。（略）朝、東京駅におりて、駅の浴場にはいり、銀座へ出てから鮎川信夫ら数人の同人に〝コロンバンに集れ〟という同文電報を、新橋郵便局から打った。鮎川といま大映にいる三輪孝仁らがきてくれたと思う」と自伝的回想の中に記されている。

この「自伝的回想」が何であるか、わたくしは知らないけれど、わたくしも呼ばれたうちに入っていた。昼すぎ、地下鉄に乗ってコロンバンへ行ってみると、もうほかの同人たちが六、七人来ていた。紹介されて挨拶をすませ、末席に下がって初対面の中桐をつくづくと観察した。明治学院に通っていた衣更着は香川県出身で、帰郷の折などに中桐と何度も会っていただろうが、鮎川を始めほとんどの同人が中桐とは初対面のはずだった。その彼らが、みんな感心したように中桐の長広舌に耳を傾けている。この家出青年（このとき満十九歳七カ月）は白ガスリの私服に袴を着け、じつに颯爽としていた。その日はよい天気で、初夏らしいさわやかな午後だったが、中桐のいでたちは天気にぴったり合っていて、わたくしはすっかり感心してしまった。詩についてなにやら威勢のいい発言ばかりで、たまに在京同人が質問したりすると、多少耳障りな神戸弁ながら悠然と受け答えをし、少しも臆するところがない。詩の話ばかりで、家出の事情なぞ、ひとことも説明しないところなぞも立派なもので、あまり詩に熱心でなくなっていたこちらにしてみれば、文学青年の鑑を見ているような気がしたものだった。

中桐の通学していた神戸高商は、東の横浜高商と並んで、官立高等商業（三年制）のなかでは格別英語の入試問題が難しく、従って入学後の英語教育も一段と厳しい学校だった。中桐は英語が好きで、よく勉強したはずであり、自分が編集する「ルナ」「ル・バル」にハクスリ、エリオット、アバクロンビーのエッセイを翻訳していたほものだったが、英作文は不得手だったのか嫌いだったのか、出席を怠けていたのだ。もう一つ、「教練」も時間数不足とあるが、これは「軍事教練」のことで、一九二五年(大正十四年)以降、中等学校以上の生徒・学生に課せられた軍国主義的教科だった。わたくしは一九三五年春、中等学校生徒になったのだから、入学後間もなく教練の時間があったけれど、それはもう既定の教科として、なんの抵抗もなく受け入れることができた。銃を持たされての訓練は一年生のときはなくて、三年生になってからのように記憶しているが、武器なるものを実際にこの手にとってあれこれひねくりまわす物珍しさに気をとられて、むしろおもしろがったくらいだった。配属将校は陸軍中佐だったが、その配下に予備役の曹長が二人おり、この中年を過ぎた教官は二人とも洒落(しゃれ)や冗談が大好きで、あまり軍人らしいところはなく、生徒たちは体操授業の延長のような気分で教練を楽しんでいたように思う。人殺し装置の片棒をかつがされているというような思いは皆無だった。わたくしたちはそれだけまだ無邪気だったのだろう。しかし、同じころ中等学校から上の学校へ入った者たちは、すでに立派な大人であり、知識階級の卵であって、軍事教練を素直に受け入れられない生徒、学生は相当数いたはずである。必修科目でありながら、ついサボる青年もいただろう。中桐もその一人だったのだ。

軍事教練の出席日数不足といえば、後年の鮎川も同じだった。鮎川は一九四二年（昭和十七年）早大英文科三年、つまり当時の最終学年で卒業論文「T・S・エリオット」を提出した。審査に当たった教授が舌を巻くほど優れた出来だったというが、その彼も結局は軍事教練の出席時間不足で卒業を認められず、中途退学ということになっている。中桐や鮎川より二つ三つ若いだけだが、わたくしたちの年ごろはまだ少年の部類で、軍事教練を兵隊ごっこぐらいにしか感じなかったのだから、その差は測り知れないほど大きかった。

中桐は神戸高商を中退し、東京に居を定める決心をして、家出してきた年の秋、日大芸術科に途中入学したが、これは徴兵を忌避するための便法だった。日本の男子はすべて、大学、専門学校に在学していなければ、数え年二十一歳で徴兵検査を受けなければならなかった。中桐は一九一九年の生まれだから、ちょうどこの年がそれに当たっていたのだった。わたくしは銀行就職で行く道が決まった己が未来を気分重く、しかし諦めの目で見つめていただけだけれど、中桐や鮎川は間近に迫る徴兵を嫌悪と恐怖の念で直視していたわけだった。

中桐の上京で多少の刺戟は受けたけれど、田村や佐々木に比べるとわたくしの詩作は相変わらず不熱心だった。このころ田村隆一がどんな詩を書いていたか、ほとんど覚えていない。春山行夫の『詩の研究』を繰り返し読んで、いかに現代詩は現実を超越しうるかの理論と実際を彼なりに会得しつつあったのだろうと思うが、わたくしにはまったく不可解きわまる難解な詩だった。「お化けの伝説」なるタイトルのシリーズを書いたのはもう少し後だったが、初手（しょて）からいきなりシュールじみた詩を書いたのが田村らしいところだった。日本の伝統的な短歌や俳句にはまったく関心がなく、ひたすらモダンで破壊的なことば遊びを楽しんでいるふうだった。

*

高見順が「如何なる星の下に」を雑誌「文藝」に連載し始めたのはこの年（一九三九年）の初めからだった。この小説は高見の作品のなかで格別すぐれているとは思わないが、浅草を舞台にしているという点で、わたくしは毎月、興味を持って読みつづけた。こちらの住んでいる芝崎町や、向かい側の田島町、それにむろん合羽橋通りなぞが細かく書かれていて、さすがに小説家という人種は観察が細かく、鋭いものだと感心したものだった。このころ近くに珠算塾を経営していた戸村勇という二歳ばかり年長の友人がおり、この人は詩が全然わからなかったけれど、小説が大好きで、短篇をせっせと書いては同人雑誌に発表していた。安田保善商業を出て明治学院に入り、数年後に早稲田大学へ進んだと思う。戸村は珠算の名人だったから塾を経営していたのだが、多趣味の持ち主で、囲碁は初段くらいだったが将棋はめっぽう強く、新聞・雑誌の詰将棋の懸賞に正解を寄せ、よく賞品をもらっていた。戸村も「如何なる星の下に」をにやにや笑って愛読していたが、あるとき、「きみんとこの店、なかなか出てこねえなあ」といった。とんカツの「河金」、どじょうの「飯田屋」は出てくるが、そのあいだに位置するうちのおやじの「小松庵」が高見の文章になかなか登場してこないのだった。結局、最後まで小松庵は無視されたけれど、そばやのくせに洋食、中華まで雑然と商っている中途半端な飲食店なぞ、「如何なる星の下に」の作者には気に入らなかったのだろう。

戸村勇の小説好きはほとんど当時の流行作家に限られていて、たとえば丹羽文雄とか武田麟太郎の短篇を評価していた。わたくしも、そうか、そんなにおもしろいのか、とそれらの短篇集を古本屋で買ったり、戸村から借りて読んだりしているうちに長篇にも手を伸ばし始め、少し前の石坂洋次郎「若い人」、横光利一「紋章」などのほうが気に入って、とくに横光は「家族会議」「上海」「機械」など、どの作品も興味深く読めた。横光の小説のフィクション性はまったく魅力に富んでいて、わたくしは映画を見ているようなうっとりした気持ちになってしまうのだった。

それまではあまり熱心に読まなかった日本の小説に興味を持ったのは戸村勇のおかげだったが、大きな垂れ目でいつもにこやかに笑っていたこの美青年は、第二次大戦で南方へ出征の途中、乗っていた輸送船がアメリカ潜水艦に撃沈され、死んでしまった。

*

一九三九年（昭和十四年）九月一日、淀橋・柏木の鮎川信夫の家に昼ごろからルナ・クラブの同人が集まった。なんのためのパーティか、よく覚えていないが、たぶん「ルバル」第何号かの編集のための寄り合いだったのだろう。活発な意見の交換が終わって十人ばかりの仲間が茶菓子をごちそうになっていると、ほかの部屋にいっていた鮎川が入ってきて、「おい、戦争が始まったぞ」と、ぼそっとした声でいった。ラジオでドイツ軍のポーランド侵入のニュースを聞いたのだという。一同は顔を見合わせた。みんな大戦争になるのを知っていたのだった。少しのあいだ沈黙が一座を支配し、それから「ひでえことになったな」とか「この先、どうなるのかね」などというつぶやきがあちこちから切れぎれに漏れ、先刻までの活発な雰囲気は重苦しく沈んでしまった。わたくしはまだ徴兵検査に三年の間があった。鮎川や中桐は大学にいて徴兵猶予の身だが、どちらにしても同じころに兵隊にとられてしまうはずだった。

世界の政治情勢は、前の年、イギリスの首相チェンバレンがナチス・ドイツに宥和政策をとってからおかしくなっていた。それから一年足らずでヒトラーはポーランドに侵入したのだ。その少し前、八月末にドイツとソ連は独ソ不可侵条約を結んだ。かねて日独伊防共協定で同盟の仲にあった日本は周章狼狽、時の平沼内閣はヨーロッパ情勢を「複雑怪奇」と称し、総辞職したのだが、政府声明に「複雑怪奇」なんていうことばが使われたものだから、国際的な失笑を買ったばかりでなく、日本の一般大衆をも大いに笑わせた。日常会話でも「複雑怪奇」が流行語になったほどだった。

九月一日に勃発した大戦争は翌々日の三日、イギリス、フランスがナチス・ドイツに宣戦布告したことで名実ともに第二次世界大戦に拡大していった。わたくしは相変わらず就職を目前にして心落ち着かず、たぶん詩も年に二つ三つしか書かなかった。ルナ・クラブのパーティも秋以降はほとんど欠席していた。そのわたくしの耳に、もう新宿のバーや居酒屋で鮎川の友人たちの酒好きの連中と仲よしになった田村たちから、近ごろ森川義信がすごい詩を書いたぞ、という噂を聞いた。その詩が載った雑誌「荒地」第四輯が間もなく手に入った（この「荒地」は鮎川が早稲田の学友と出していた不定期刊行の同人誌で、もちろん戦後の月刊「荒地」とはちがう。詩だけではなく小説・評論も載せていた)。詩のタイトルは「勾配」、全十八行を次に引用する。

非望のきはみ
非望のいのち
はげしく一つのものに向つて
誰がこの階段をおりていつたか
時空をこえて屹立する地平をのぞんで
そこに立てば
かきむしるやうに悲風はつんざき
季節はすでに終りであつた
たかだかと欲望の精神に
はたして時は
噴水や花を象眼し
光彩の地平をもちあげたか
清純なものばかりを打ちくだいて
なにゆえにここまで来たのか

だがみよ
きびしく勾配に根をささへ
ふとした流れの凹みから雑草のかげから
いくつもの道ははじまつてゐるのだ

一読してにわかにつかみ難いところはあるけれど、まず類のない悲しみを含んだ高度のリリシズムがあるのは、ちょっとでも現代詩を読みなれたものならすぐに直感されるはずである。鮎川信夫は、森川がこの年の十月、「勾配」を携えて来た折の感動を次のように書いている。

わずか十八行の短詩だが、さっと読んだだけで、私は、目がくらむような思いがした。何度も繰り返して読んだが、感動の波は高まるばかりであった。(中略)愛とは、心の傾斜にほかならぬと誰が言ったのか。その斜面に立っているのは、自然を、人を、愛することにおいて過剰でありすぎた青年の姿であった。現実の傾斜、時代の傾斜は、遥かな地平線とはげしく交叉し、青春の苦悶は空しく非運のうちに終りを告げようとしていた。それでもなお、彼は、自然を、人を愛することをやめないのである。

右の文章は『森川義信詩集』（一九七七年十二月、国文社刊）所載、鮎川の「あとがき」から引いたが、鮎川は後年、『失われた街』（一九八二年十二月、思潮社刊）で、「勾配」を初めて読んだときの右の感想を、読みが浅かったとして、当時の森川にはもっと個人的な深い衝動があったのだと書いている。それはそれで或るエピソードを含んだ別の物語で、たいそう興味深いが、しかし同時に鮎川は前掲書で「ともあれ、人を愛することに必死だった独創的な詩人の、やむにやまれぬ個の苦悶が、世代に共通する普遍相と見事なまでに一致することで、「勾配」は、私たちにとって稀有の作品となったのである」という後日の感想をまとめていて、この詩についての基本的な評価を変えてはいない。

「現実の傾斜」「時代の傾斜」はいやおうなく若い詩人たちの心をニヒリスティックにした。鮎川は『失われた街』で、一九三九年七月発行の「荒地」第三輯の目次裏に載せたT・S・エリオットの、

「私はなにをしたらよいのですか。

一体なにをしたら。
「外に飛び出し、髪毛を垂らして街を歩いたらよいのですか。
明日になったら、私たち何をしたらよいのでせうか。
「私たちは永久に何をしたらよいのでせうか。

という長篇詩「荒地」の一節を引用して、「これを掲載した意図は、暗黒化してゆく時代状況に対し、ともすれば無目的な生活に陥りがちだった私たち自身の生き方への警告の含みをもたせながら、すでになかばはニヒリズムに侵蝕されてしまっていることの自己告白にほかならないものであった。だが、これを、時代状況へのプロテストとして読まれたら、私たちは大いに満足したであろう。若さのせいだったかもしれないが、血色のよい非常時のナショナリズムによる専制政治よりは、不断に酩酊を求めて巷を彷徨する、蒼白い私たちの堕落した文学のほうが、よほど健康なのだという自恃を失うことはなかったのである」と書いている。そして、そのすぐあとに、

この時代に、私たちは〈明日〉を考え、〈永久〉を考えて、日本ではほとんどが不可能な文学を創造しようとしていたのだ、と思う。それには過去の一切の文学的

権威は否定されねばならない、というのが、切なる願いであって、そのために街へ出て、仲間との会合を熱心に重ねていたようなものであった。時代状況に照らせば、未来へ希望をつなぐことは断たれていたようなものであったが、おびただしい灯がともる大きな街のなかの、たった一つの灯の下で、それは可能なのだというのが、いわば「荒地」の暗黙の契約になっていたのである。　（＊）

＊この箇所で著者の筆は中断している。

第二部

お断り　第二部、これより著者の死去のため、テープ収録の速記原稿（著者生前に閲読済み）である。詳しくは巻末の「あとがきにかえて」を参照。

第二次大戦が始まったのは、ぼくが三商の五年生のときで、年が明ければ卒業です。田村隆一もぼくも就職組に入っていた。三商は商業高校ですから、出たらすぐに役にたつ実業教育を受けて、二百五十人が同学年だとすると、五十人だけが受験組と称して上の学校に行くんです。他の生徒は自分の家の商売をやるか、会社勤めをする。ぼくも上の学校に行こうとはそのときは考えもしなかった。そういうものだと思っていたんです。田村は東京瓦斯に受かって、ぼくは横浜正金銀行に就職したわけです。ぼくの双子の弟は三菱銀行に入ったんです。当時はいまと同じで人が足りなくて一〇〇パーセント就職できた時代ではあったわけです。十九歳のとき、卒業だからと、田村も交えて十五、六人で温泉に行った記憶があるんですが、そのときの田村の大乱酒にはびっくりしました。新宿で年中やっているというのはこれかって思いましてね。

一九四〇年（昭和十五年）、めでたく卒業ということになったわけです。

ぼくは四月一日から日本橋三越近くの横浜正金銀行に通いはじめたんですが、でも、一週間でやめちゃったんです。ぼくがなにをやったかというと、帳面つけ。外国為替とかはよほど経験のある人じゃなければやれないわけで、ぼくは朝から晩まで帳面だけつける。初日からがっくりしちゃった。こういうことがずっと続くのかと思うと暗澹たる気持ちになって、たまたま四日目か五日目に、「新潮」を買って仕事の合い間に見ていたんです。そしたら、係長に見つかってものすごく怒られましてね。それですっかりいやになっちゃって、無断でやめちゃったんです。銀行から三商に厳重な抗議がいって、ぼくは呼びだされて、怒られるハメになる。ぼくなんか一週間行ったからいいほうですが、田村なんか就職したくせに一日も行ってないんです。はじめから行く気がないんです。

そのうちに、田村とは電話でいつも連絡してましたから、「ぼくはやめちゃったよ」っていったら、「俺は初めから行かねえや」という。それならやっぱり上の学校に行くか、なんて話になった。でも、もう新学期が始まっているから、とにかく浪人しようやという話になって、浪人生活になったんです。そのとき親父に母校から通報があった。それで「おまえどうしたんだ」といわれて、「じつはこういうことでやりきれなくてやめて、来年、申し訳ないけど上の学校に入りたい」っていったら、そのときの親父っていうのは偉いんです。全然怒らない、むしろにこにこしている。「そうか、分かった。一所懸命に勉強しろ」って。子ども心に親父って偉いなって思いました。

昭和十五年の四月から、そういうことで浪人生活に入ったわけです。

当時、神田に研数学館という誰だって入れる予備校がありました。田村と、浪人生活だから少しは勉強しなければいけねえだろう、と話しあいまして、そこに四月から七月くらいまでは一応まじめに通ったと思う。ところが、二、三カ月通ったらいやになっちゃって、親にお金をもらって神田までは行くけれども、喫茶店に入ってチャーハン、当時の焼飯を食ってコーヒー呑んで、映画の話とか太宰治の話なんかをするだけでした。そうこうしているうちに一九四一年（昭和十六年）の受験期を迎えるわけです。ぼくは東京外国語学校の仏語部文科を受けた。商業学校のときから英語が好きだったんですが、鮎川信夫にしても中桐雅夫にしても非常に英語が得意なんですよね。ぼくも英文学がおもしろいんじゃないかなって思ったんですけれど、堀口大学さん訳のフランス詩なんかが好きだったから、仲間は英文学が多いし、ひとりくらいフランス語っていう気もあったと思います。そんなんで受けたら受かっちゃったんです。田村は明治の文芸科に入ったんですが、そこには小林秀雄とか錚々たる文学者が先生としているところで、そこへ行くことになったわけです。

＊

一九四一年十二月八日はパールハーバーです。さすがに世相もきびしくなって、物資もだんだん不足してくる。紙は、統制経済っていうことでやたらに使えない。出版協会がとりしきっていて、届けを出して割当で支給するという形になっていた。ひじょうに細かい話なんですが、できあがったら一部ずつ警視庁に収めるわけです。それで出版協会やなんかに聞いてやったんでしょうが、同人雑誌の紙ですら、少部数の二百とか三百とかしか刷らないんですけれども、紙がないということで雑誌間でこれとこれは統合せよときたわけです。ぼくたちの「ル・バル」は、当時ル・バルなんてカタカナは何事だっていうので、「詩集」という誌名に変わった。これはたしか田村の命名で、詩ばっかり集めるんだから「詩集」でいいじゃないかっていうことになった。「詩集」になって少しして、一九四二年（昭和十七年）頃に日本文学報国会ができ、そこがすべてとりしきるという感じになった。徳富蘇峰が会長で、岸田國士もフランスじこみの戯曲家だったんですが、報国会に協力して文化部長みたいなのになった。詩もひとつの部会になって、日本全体の詩の出版物をその部会がとりしきる形になったわけです。「詩集」という名前にしたものの、われわれには紙がないから、その経緯はよく知らないんですけれど、ようするに似たような雑誌同士はいっしょにやろうということになった。「山の樹」という慶応と東大系の雑誌があったんです。当時、中村真一郎、芥川比呂志とか、詩人では村次郎という人がいました。外国文学にも詳しい人がいるし、詩もあるし、そういうところだけ見れば、たしかにわれわれの「詩集」と似ているところもあるわけです。ですからいっしょになっても、外から見れば不思議はないのかもしれませんけど、どこか異質な感じがする。ぼくはいっしょになる直前か直後に一回だけ集まりに出た記憶があるんですが、なんだか顔も知らない人たちで、かなりすてきな雑誌だなって思ったんですが、でもどちらかというと詩なんかは「四季」的なんです。モダニズムとは全然ちがう感じの雑誌で、しゃべっていてもしっくりこない感じがありました。

＊

話は前後しますが、ここでモダニズムについて述べておきます。

ぼくが「ル・バル」に入ったのは一九三八年（昭和十三年）ですけれども、その頃には鮎川信夫はモダニズム、つまり知的な操作で実験的な詩を作るというようなところからすでに離れていたんです。その年の十月二十日に書いたという鮎川の「室内」という詩があるんですが、短い詩なんですけれども、これなんか読むと、ただピカピカ光っているような感覚的に明るいモダニズムの詩とは一変してしまった感じがする。一番初めに読んで感心したときの詩とはちょっと違うようで、びっくりしました。「室内」を読むと暗鬱というか、憂愁というか、そういう感じがした。たしかにことばとか、感覚はモダニズムを通らなければ書けなかったろうという作品ではあるけれども、やはりいままでの明るさとはまるで違うところに入ってきて、もう二、三年すれば兵隊に行くことが分かった一人の知識階級の青年として、新しい詩の世界を模索しはじめたのだと思います。ぼくはこの頃の鮎川の詩はいまでも非常に好きです。彼らしく感情を抑えていますけれど、青年の若さと憂愁が非常に正直に出ている。その当時は萩原朔太郎なんかは〝日本回帰〟したけれど、鮎川はそういうところに帰る意志は全然ないんです。

当時の新しい同人誌は、「ル・バル」のほかにもモダニズム系の同人誌がいろいろあったわけですけれども、ぼくらの世代よりもひとつ上の同人誌に「新領土」という雑誌がありました。春山行夫、近藤東、村野四郎の三人が編集した雑誌で、英米文学の評論、翻訳、紹介がわりと詳しかった。それは春山さんの影響だと思うけれども、ヴァレリーの翻訳を載せたり、外国のわりと新しい文学、とくに詩の紹介が非常に詳しく載っていました。何人かの有力な詩人、永田助太郎とか、あるいは小林善雄とか楠田一郎とかいう人たちが加わった、かなりハイブローな雑誌でした。けれども、いちがいにモダニズムとはいえないような感じがあって、たとえばエリオットの「荒地」の翻訳が初めて載ったのが「新領土」なんです。鮎川はエリオットがとくに好きですから、同人に加わったのはわりと早いんです。一九三八年には入っています。ぼくが大学に入った一九四一年（昭和十六年）にも「新領土」は続いていたわけですが、やはりモダニズム系、あるいは外国文学系、モダニズムよりももっと新しいオーデン、スペンダーの作品が載っていた。でも、そういう傾向が英米と戦争するというような時代ですから、おかしくなってきたわけです。

ぼくは「新領土」の会にはちょくちょく出ていて、大先輩の顔を知っているわけですが、結局入らなかった。どうも違うなっていう気がそのときもしたんです。三好豊一郎も入っているし、田村はたぶん三商を卒業する年か翌年くらいに入っているはずです。中桐は、鮎川がもっと「ル・バル」に力を入れてくれなければ困るなんて考えた挙句、鮎川が「新領土」に入るについての覚書なんていうまじめくさった文章を書いたりしたこともありました。結局、そういう文句をつけた中桐自身も入ったんです。だけど鮎川の「室内」に象徴されているように、二十歳そこそこの青年の詩と春山さんとかの詩は全然違うわけです。そういう人たちのあいだに鮎川や田村や三好なんかの詩をもっていくと異様な感じがしました。でも、当局に怒られない程度の、たとえば「ロンドンタイムズ」の書評特集なんかの翻訳を結構執念深く載せていましたけれど。太平洋戦争開始以後はそれもままならなくなって、そのうちに古くからいる連中がものすごく右傾化して、「新領土」は誌面に「我々民草は……」というような広告を載せるまでに変化したんです。末期には鮎川なども書かなくなっちゃったような気がします。

*

戦争がだんだんきびしくなって、一九四二年（昭和十七年）二月、東京外語の二年生になる直前にぼくは突然に結婚したんです。やはりぼくは生まれつき女というものに対する傾斜の度合いが激しいんでしょうね。満で十九歳のときでした。浅草で行きつけの喫茶店の女の子と仲良くなって、絶対に結婚したいと思って、これまた親父に「結婚したい」といったらびっくりしたようですが、「非常におとなしくていい子だ」といったら「ああ、いいよ」って、すごくこちらを信用しているんです。この子ならいくら若く結婚しても、なんとかやっていけるんじゃないかっていうふうに思ったかどうか知りませんけれども。

それが昭和十七年二月でした。前の年のパールハーバーの奇襲で緒戦はえらい景気がよかったんです。けれども、この年の四月十八日、授業が終わってそろそろ帰ろうかと思っていたときに、突然、空襲警報が鳴った。それは日本が開闢（かいびゃく）以来初めて空襲を受けた日なんですけど。航空母艦からドゥリットルという司揮官が指揮する爆撃機が飛びたって日本に爆弾を落として中国に逃げるという計画でした。そのときには新聞にも、鬼畜米英が爆弾を落として子どもが死んだというようなニュースが載った。景気よく戦争が始まったばかりなのに、ずいぶん早いなっていう感じがして、ちょっとおかしいなっていう感じがしました。この年、鮎川は世田谷にある近衛連隊に入隊する、森川義信はとっくに戦争に行っている。鮎川などがいなくなって、こんどはこっちの番だって思った。詩を書く、あるいは詩を読むということもあまりなかったんです。たまたまその時分に日本文学報告会の『辻詩集』とか『愛国詩集』が出たけれど、ばかばかしいこと一目瞭然だった。ちょっと二、三ページ読んだら、もう読む気がしなかった。

ぼくは早く結婚したわけですけれども、その理由が考えてみてもあまり思いつかないんです。ただ、詩にかぎっていえば、「詩集」が「山の樹」と合併してだるい感じがしてきたことがある。それでも核になるような人たちは新宿周辺に集まっていろいろな話をしていた。時局に対する感想なんかも話していたわけです。ぼくは浅草周辺からあまり離れなくて、自分で詩を書くのもたぶん終わりじゃないかという気にもなっていた。戦争がどうなるかもわからないけれど、普通に好きな本でも読んで、外国語のひとつでもやって、好きな学科でも専攻してと、そういう気分になっていたんです。

　そんなときにある女性と巡り合って結婚したわけです。小学校しか出ていないんですけれども、とても気立てがやさしくて、そのことはぼくはいまでも感心しているんです。敢えていえば忍耐強い、古いタイプかもしれません。無邪気な天使とまではいわないけれども、そういう人でした。福島の出でしたけれども、非常に苦労した人で、そういうところもぼくは気に入ったというか、ようするにぼくは十九歳かそこいらなのにえらい退嬰的な気分になっていたということはあると思います。ぼくは早く結婚して、好きな本でも読んで、自分の創作なんてとても自信もないし才能もないし、結婚をひとつの退嬰的な行動として捉えていたようです。

　それでいよいよ鮎川は戦争に行き、森川は戦死し、中桐も郷里に帰って入隊となったんですが、入隊と同時に胸に影があるとかで即日帰郷でうらやましがられたということがありました。それもしかし、一九四三年（昭和十八年）頃になると、人ごとではなくなって、自分の身の振り方を考えなければいけなくなったわけです。ぼくは一九四一年（昭和十六年）に東京外語に入ったから、この年には三年生になっていたわけです。ちょうどこの年に学徒の徴兵猶予がなくなっていた。この年にいわゆる学徒出陣というのがあって、その第一回がぼくらなんです。入るに先だって田村なんかと話をして、どうも海軍のほうが英語も使うし知的で、陸軍は汗くさくて馬くさいような感じが感心しねえ、海軍へ行くよって話をしたのを覚えている。それで、十一月頃に徴兵検査があったときに海軍を志望したわけです。そしてこの年の十二月十日、武山海兵団に入隊。田村の入隊と同じ日に戸板などを打ちつけてある汽車に貨物みたいに詰め込まれて横須賀まで行ったんです。

ぼくらはそうやって兵隊にひっぱられたわけです。文学報国会もできているし、マスコミは完全に軍部に掌握されちゃっていたから、太平洋戦争が二年目に入った一九四二年（昭和十七年）六月、ミッドウェー海戦で日本の海軍が壊滅状態になっているんだけれども、大本営発表によると、それでも日本は勝っているというようなひどい状況になっていたんです。新聞もむろん大本営発表しか載せないし、戦争の批判は一切載せていない。いろんな標語、「贅沢は敵だ」とか、あれは花森安治が作ったという話ですが、街中そういう看板だらけで、「敵」の上に素という字を誰かがいたずらで書いて、「贅沢は素敵だ」になったりして、そういうところは日本人もユーモア感覚があったけれど、ひどい時代でした。

文学書といえば『愛国詩集』などしかない。三好達治もなかなか立派な詩人だと思いますし、戦争中もさすがに三好達治の詩だって思うのがあるんですが、彼にしても高村光太郎もむろんですが、だんだん翼賛詩一本槍になって、それ以外は結局「四季」派的な、自然を詠（うた）った詩です。そうすると自分の生き方とか考え方とかを扱う詩はまったくないわけです。それでも一応、文芸雑誌というのは出ていたわけですが、やはりおかしいのは、「改造」とか「中央公論」とかには京都学派の人たち、西田幾多郎の門下の人たちの大東亜共栄圏の意味とかそういうものしか載っていない。これはまったく興味もないから読む気もなかったんですけれど、一所懸命読んだ人もいる。われわれの「詩集」の末期には日本浪曼派に影響を受けた人が入ってきて、なおさらへんなことになってきたなという気はしていた。総合雑誌とかに出ている聖戦の意味をまじめに考えている人たちもいたわけですけれども、言論統制という意味では昭和十七、八年は相当ひどかった。それに圧殺されていった人もいる。とくに共産党系の人たち、中野重治なんかは転向ということで、小説とか詩とか評論は書いていますが、この頃には臆せざるをえない状況になっていました。芸術的な環境は最悪でした。いまから考えるとやはり一番怖いのは兵隊というか、軍部の圧力だったという気がする。いそういうものがなければたとえ戦争をしながらでも、単純に詩の論争ぐらいできたわけですが、それがいっさいできなかったんです。いまの人には考えられないと思うけれども、実際そうでした。サーベルの力というか銃の力というか、それはいまからはまったく想像できないものがあったんです。

反抗すればよかったじゃないかというけれど、それは個人的にしてもまったく意味がないことで、実力行動に出るとどういうことになるか。自分だけならいいけれど、その当時の思想状況は険しくて、そんなことをしたら売国奴、国賊っていわれて兄弟眷属まで全部挙げるという雰囲気ですから、そんなことはできるわけがない。内心でそう思った人はいくらでもいると思うし、戦争が終わってからならいくらでもいえる。けれど、天皇を殺すとかそういうことやったって構わないけれども、そんなことは事実上、日本の政治体制からいってできっこないという情勢でした。そういうような方向に日本がまとまっていってしまった。ようするに、短い期間で近代国家になろうとしたということからきた歪んだ状態、明治以後の忙しい、性急な背伸び。それに反抗するのは無理だという、水も洩らさぬ体制が昭和十七、八年くらいにはできていたわけです。

その頃、雑誌、新聞で、気持ちの悪い言葉がふたつありました。ひとつは「御稜威」、もうひとつは「国体」。「御稜威」なんていう言葉は広辞苑にはちゃんと出ているんです。ところが、一番新しいと言われる三省堂の大辞林には出ていないんじゃなかったかな？　たとえば戦争に勝つと、大本営の発表ではこれも「御稜威」のおかげということになる。日ソ不可侵条約が締結された際も、松岡洋右が日本に帰ってきて、「私がスターリンと条約が結べたのも御稜威のおかげだ」という。これくらい分からないことばはない。いったい何だっていう気がして、なんともうす気味悪い。ようするに天皇の威光という意味らしい。

もうひとつ「国体」っていうことをいいました。「国体の成果」とか。国体もよく分からないことばなんですが、ようするに日本の国のアイデンティティということなんです。つまり、国柄ということ。いま国民体育大会を略して国体といいますが、戦後になってこのことばを聞いたとき、ぼくはぞっとした、いやギョッとした。「国体」と「御稜威」ということばは翻訳不可能なことばじゃないでしょうか。アイデンティティといってみてもピンとこない。どう訳してみても、神がかっていてうす気味悪い感じしかありません。けれど、このふたつのことばで脅かしてしまえばだいたいは平伏してしまうという、不気味な力をもったことばでした。

一九四三年（昭和十八年）になると、さすがに物資も乏しくなってきて、かといって輸入もできない状態です。浅草の興行街もかなりさびれました。それでも日活とか松竹とかがつくった迫力のある戦争映画なんかを上映していて、人出もけっこうあったんですが、うちの親父のやっていたそば屋も、そば粉やうどん粉が配給になって、手に入る量が激減した。うどん粉はアメリカの小麦粉が頼りだったんですが、それが途絶えたので、国内の増産増産でしのいできたけれども、それも絶えてとうとうそば屋の営業が一週間で二、三日になってしまったんです。はっきり覚えているのは、そば粉が配給になり、うどん粉が配給になってからは、いつといつに営業しますと、親父が看板に書いて表に貼りだすんです。すると午前十一時に開店というと一時間くらい前から外にお客が並びだして、開店の時間になるとどっと店に入ってくる。でも、ろくなものはできなくて、海老の天麩羅そばなんて贅沢は望むべくもないから、そばだったらもりそばとかかけそばぐらいしかできない。店中満員だけれども、みんなじっとおし黙って、静まっている。ぼくが店の二階にいると、突然、滝がザーッと流れだすようなものすごい音が聞こえてくるんです。それはお客さんたちがいっせいにそばをすする音でした。これはすごいことでした。それであっという間に静かになる、つまり、食べ終わったということです。それで、その日の営業は終わりとなる。

そのころ親父が悲惨だなって思ったのは、町内会の仕事をしていたから、戦時国債の割当というのがあって、まとめ役だからそれを余分に買わなければならない。結局紙屑になってしまいましたけれども、割当を決めるために町内の人が父の家に集まり、近所のパン屋さんとか薬屋さんとかのおっさんたちが相談している。ぼくが「ただいさま」って大学から帰ってくると、暗い裸電球の下、皆うつむいて、親父は「そちらさん、三枚くらいどうですか」とやっていた。

ぼくはこの年の十二月十日に海軍に入ったわけですが、横須賀にはひと月ちょっといて、あくる一九四四年（昭和十九年）、ちょうどサイパン島で日本軍が玉砕した年の一月に、旅順にある海軍予備生徒教育隊というところにぶちこまれた。そこには全国から集められた二千人くらいの連中がいました。そこで七月までの半年間、基礎教育を受けた。この基礎教育というのはひどい訓練で、「おまえらは将来士官なんだ、甘ったるい学生気分をぬいてやる」と、ほとんど毎日拳骨で殴られるような日々でした。半年間の教育期間が終わると、上の連中がそれぞれの専攻を決める。「おまえは外国通信に行け」と、ぼくは横須賀市久里浜にある通信学校に行くことになったんです。外国通信というのは、ひと言でいえば暗号解読の仕事です。暗号を解読して敵の情勢を分析するわけです。そこで半年間教育されて、十二月に実施部隊、軍令部直属の大和田通信隊というところに入れられました。旅順での基礎教育はきつかったけれど、あとは英米の暗号通信を傍受して分析する仕事で、その教育を久里浜で受けた。旅順と同じように教育期間ですからきびしいことはきびしかったんですが、学科とか実技はむろんトンツーのモールス信号からやったけど、暗号解読のための英語の奨励が熱心で、事実、アメリカの二世で日本に帰ってきた同僚がいたんですが、そういう連中はぼくらとは比べものにならないくらい英語ができる。ポーの短編集のなかの「盗まれた手紙」とか「黄金虫」とかに暗号の話が出てくる。こんなのは何度も精読しなければいかんという。ですから、そういう意味ではありがたかったというか、なんだか学生にもどってしまったという気持ちでした。たしかに教官も先輩の学生が教官になっているのが多くて、わりと知的な環境で、殴られたり怒られたりしたことはよくあったけれども、兵隊に来てまで英語をうんと勉強しなければ駄目だなんていわれていたのはありがたい感じがしました。

結局、暗号は解読できなかった。とくにアメリカの暗号はものすごく複雑で、日本の暗号通信はアメリカ側に全部解読されたけれど、こちらはいくらやっても何も解けない。そこで何をやったかというと、暗号通信の解析です。たとえばグアムなりサイパンなりハワイなりに打つ電報は短波だから傍受できる。それを通信隊の兵隊がイヤホンを耳にして全部メモするわけです。むろん内容は分からないけれど、発信の仕方で「アージェント」つまり至急報などという区別がある。十も二十も発信の仕方の種類があるんですが、その発信の仕方によって敵の艦隊の動きが分かるという、先輩たちが編み出した方法をぼくたちもやらされたわけです。百何十人もいたぼくら予備士官は、暗号通信の発信の仕方で硫黄島にいつ頃米軍が来るかとか、沖縄に敵の艦隊がいつ来るかということも、図面に書いて分析するとすべて分かる。硫黄島の場合も沖縄の場合も、米軍の上陸が数日前にはピタリと分かった。それを軍令部に届けるわけだけれども、そんなことをしたってなんの意味もない。攻撃しようにも飛行機が全然ない、爆弾がない。そういうまるでがっかりするような、実効のない仕事なんですけれども、そこの実施部隊に行ってから、これが軍隊かというようなくだけた雰囲気で、まるで学生の集まり。「こんどはここに来るけれど、うちの艦隊どうせ行けるわけないな」とか、負けるとははっきりいわないけれども、負けることは実に承知していた部隊でした。戦後、そのことを鮎川に話したら、「おまえなんか兵隊に行ったうちに入らない」っていわれた。兵隊の神髄は陸軍にあるということで軽蔑されたわけです。

ぼくらがいた隊は全員士官です。士官で入って、やがて少尉になったけれど、それが一番下級でしたから、ちっとも号令をかけたり命令したことがないわけです。田村は少年隊で分隊士、陸軍でいう中隊長ですけれども、田村は飛行兵を志願して、一応受かったのだけれども精密検査で落ちて、教育隊の教官になれということで、少年隊の教官になった。あれがよく教官になれたと思いますけれど。とにかく「気をつけ」とかいって命令していたんでしょうね。どちらにしても、鮎川にいわせれば、ぼくらは「兵隊に行ったうちに入らない」ということになる。ぼくらなんか学生の延長みたいなもので、そういう点では鮎川は兵役の記録『戦中手記』を書くんですが、とてもそれに比べられるようなものではない。運がよかったとしかいいようがない。こっちで決めたんじゃないから。事実、ぼくらが基礎教育を受けた久里浜でたまたま隣にいた川崎君と足立君のふたりは戦艦大和に配属されて戦死した。

*

話は前後するんですが、第二次大戦が起こって、それから二年後に太平洋戦争になる。その間、われわれのグループ、ぼくにとっては先輩にあたる人ばかりですけれど、そのなかの二、三人についてちょっと触れてみたい。

まず森川義信について。森川は四国の出ですが、鮎川とは非常に仲良しで、後年鮎川が『失われた街』で彼のことを詳しく書いていますけれど、ぼくは二、三回しか会ったことがない。とにかく滅多にない美青年というか、色が白くて、やさしいなかにちょっときびしいような感じがあって、高倉健を少しやさしくしたような、なかなかいい顔立ちの青年でした。鮎川は酒呑みともよくつきあっていて、森川自身も大変な酒呑みだったんですが、ぼくは浅草からあまり出たことがないので、あまり会わなかった。それでいつか森川の下宿に行ったことがある。新宿から歩いて十分くらいのところでした。行ってみて驚いたのは、改造文庫と岩波文庫があるくらいで、あとは本とおぼしきものがまったくなかったことでした。文庫本は書棚にきれいに並んでいるのだけれど、そのほかは乱雑で、油絵の画材類が散らばっている。森川はぼくの感じでは非常に寡黙な、しゃべらない人でした。彼は「ル・バル」にいたときには、山川章という名前で、なんとも甘ったるい叙情曲ふうの詩ばかり書いていたんです。いや、単に甘ったるいというのともちょっとちがう、なにか爽やかな甘ったるさのあるリリックというか。

ところが戦争が近づくにつれて森川の詩が変わっていったんです。その頃、鮎川は「荒地」という雑誌を早稲田の仲間とやっていたんですが、それに森川の「勾配」という詩が載った。たとえば鮎川が「ちょっとモダニズムなんか問題にならないくらいすごい」というくらい、「今度は森川がすごい詩を書いたよ」という評判がグループのメンバーのあいだに広まった。森川はこの「勾配」や「あるるかんの死」などものすごく高さを感じる詩を五、六篇書いて兵隊にとられた。そして昭和十七年八月、ビルマ戦線のミートキーナで戦死したんです。戦後、出版されたいろいろなビルマ戦記にも、森川が登場するものがある。とにかく二十三歳と十カ月という若さで死んじゃった。最後期の五、六篇はちょっと言語に絶する傑作というか、どうしてこういう詩ができたのか不思議なくらいの詩なんです。もともと彼の詩はリリシズムの強い詩だったんですが、最後の詩篇はリリックにして、非常に厳然としている。でも、森川の甘さみたいなものはじわじわ伝わってくる。そんなすてきな詩を五、六篇残しただけで死んじゃった。

もう一人は牧野虚太郎です。森川は早稲田でしたが、彼は慶応の予科で本名は島田実。この人も二十歳ちょっとで、大戦が始まった年の夏に急病で亡くなった。もともとは「ル・バル」の中では中桐のほうが鮎川より先に牧野と知り合ったはずなんですが、アバンギャルドの「ル・バル」なんていわれたなかでも格別にラジカルな詩を書いていた。とにかく絶対にわけの分かる詩を書いてはいかんというようなことを主張する、ちょっと変わった人なんです。

この人も亡くなる一年前くらいに、じつに驚くべき変身を遂げたんです。それまでのいわゆるモダニズムの残りかすみたいなものとまったく切れてしまって、まったく信じられないような変幻をみせた人です。鮎川は非常に友だちのことを考える人で、森川の詩集も自分で編んだんですが、戦後だいぶたってから牧野虚太郎の詩集も出しています。全部でおそらく二十篇もないくらいでしたが、最後の詩は森川の「勾配」

に匹敵するような、たとえば「神の歌」という詩があります。「神の歌」の最終の二行にこうある。「さぐれば　かなしく／まねけば　さすがにうなだれて」——鮎川の思い出話の中にこの二行について、入隊直前に新宿のバーあたりを歩いていて、虚脱したように「さぐれば　かなしく」とボソッと呟くという場面がある。とにかく二人とも二十歳から二十四歳のあいだに死んじゃったわけです。何という偶然か、死ぬ前のせいぜい一年に、その後誰も書けないような、行数は短いんですが、すてきな詩を書き残している。戦後の月刊「荒地」の創刊号にも森川の「勾配」を載せたりしました。詩の受け伝えとでもいえばいいのでしょうか。そういうことの中で牧野も森川も非常に大きな存在だったと思います。

*

一九四五年（昭和二十年）八月十五日、いよいよ戦争が終わった。ぼくはたまたま海軍の通信隊にいたから、ポツダム宣言の受諾については三日くらい前には分かっていました。突然聞かされたわけでもなく、だいたい厭戦気分でいたから、そんなに驚きませんでした。その日はすごく暑い一日でした。「終戦というのではなく敗戦でなければいけない」という人もいる。ぼくも理屈としてはそうだと思うけれど、感覚としては、とにかく戦争が終わったという感じを受けた。負けることは予知していたけれども、考えてみれば小学校の時代から日本はどこかで戦争をしてたわけで、そういう自分の見聞きした体験からすると、戦争が終わったというほうが自分にはぴったりするんです。十五日に終戦になって後始末があって、両親や妻、子どもは信州に疎開していましたから、十八日に身を寄せていた世田谷の家に帰ったら電気が煌々とついている。戦争が終わった象徴だという気がしました。戦争中は何年も何年も夜は灯火管制で黒い幕で照明を覆い、光の輪だけが畳の上にあったけれど、そういう夜は終わったわけです。ちょっと表に出ると、お店なんかもどんどん明るくなっている。戦争が終わったなという実感をそのとき初めて感じたわけです。

戦争は終わったけれども、ぼくは東京外語の三年で戦争に行ったわけで、戻るべき職場もないうえに妻や子どももいる。きびしい時代でインフレの嵐が吹き荒れ、全国民闇屋といわれるような時代だったけれど、ぼく自身は闇市で儲かった記憶があまりないんです。浅草の家にあった本も詩集もみな焼けてしまったんですが、一部、世田谷の家に疎開していて、字引類とか高価な詩集とかは残っていたから、そんなものを売ってみたりした。

それからすぐに毎日新聞の記者をやっていた兄貴の紹介で商事会社に入ったんですが、商事会社とは名ばかりで、実態は闇屋です。元海軍の児玉誉士夫かなにかの子分が社長でした。その頃、東京外語はまだ卒業していないと思っていたところ、ある日、大学へ行って「どうなってるんだ」って聞いたら、「きみは昭和十九年に卒業になっている」と。昔は四年制だったんですけれど、戦時中のことで、二年半くらいで卒業扱いになっていたわけです。それで、もう来なくていいという。何か心外だったんですが、そのときフランス語をやってみたいって思っていたので、昔は旧制高校出しか受けられなかった東京大学が、戦後になって専門学校を出た人でもいいことになった。それで、殊勝にも商事会社の仕事をやりながら多少の受験勉強をしたわけです。一九四六年（昭和二十一年）の三月の試験で、どさくさまぎれに受かった。大学に入って一年間は一所懸命勉強しましたが、余分な時間はとにかく食うことに精を出さないといけない。たとえばその中のひとつに、鮎川のお父さんが古道具屋の親方みたいな仕事をしていたので、その手伝いをさせてもらっている。それは二カ月くらいでやめちゃったんですけれど。それから、日本通信社という非常に小さな通信社でしたけれど、短波放送を二世の日本人が英語で聞いて、それを翻訳して各新聞社に送るという、いまでいう共同通信社の一部門みたいな仕事を商事会社の人が始めたので、そっちに行った。英語ニュースの翻訳をやって食ったりした。それから新宿の武蔵野館という映画館の傍に進駐軍向けのビヤホールがあって、そこのボーイをやろうとしたこともありました。なぜ受けたかというと、情けない話なんですけれど、進駐軍関係だと飯がいいから。けれど、落っこっちゃった。そのほかにも保険の外交員などもしたけれど、どれも長続きしない。田村隆一とは戦後わりと早いころに連絡とっていたから、田村に会うと「北村は会うといつも商売が違う」といわれたくらいでした。

前に話したようにぼくは八月十八日に復員したんですけれど、田村も十八日頃には京都から東京に戻っていた。鮎川信夫は傷痍兵のまま、福井の田舎にいた。三好豊一郎はもともと肺結核の持病があったからどこにも行かなかった。中桐雅夫は入隊するつもりが結核の兆候があるということで帰郷して、読売新聞にいた。黒田三郎は、この時分にはまだぼくは会っていなかったと思いますが、インドネシアのほうに商事会社の仕事で行っていて、翌年くらいに帰ってくるということで、この時点ではまだ皆が集まるという段階まで行かないわけです。

年が明けた一九四六年、焼け跡をひもじい思いをしながらぶらぶら歩いていたんですが、ある日、本屋さんに寄ったら横長の「純粋詩」という見ばえのよくない雑誌がある。この年の三月創刊だから、ぼくが見たのは夏頃に出た号だと思う。紙は非常な貴重品で割当とはいいながら、紙を確保さえできれば自由に出せるという状態にはなっていたわけです。

　福田律郎と秋谷豊が編集人だったと思いますが、「へーっ」と思って、ぼくも田村も買った。あまりパッとしないけれど、ちょっとしたものではあるなと噂したことを覚えている。その年の夏頃には鮎川も上京していて、原宿と渋谷の中間の稲荷堂というところに部屋を借りて住んでいたんです。鮎川も「純粋詩」を知っていて、三好も中桐もそうですが「純粋詩」が共通の話題でした。ぼくらもこの雑誌に載せてもらおうじゃないかということになった。田村なんか「こんな雑誌、乗っ取るのわけないから、ひとつ乱入してやってみよう」ということで、地下室にあった事務所にいた福田さんのところにいつも遊びに行っていた。福田さんも人のいい人物で、大喜びで迎えてくれたんです。その頃の詩はみんなここで発表している。戦前の「ル・バル」、後年の「荒地」の連中が大挙して流れ込んだわけです。

　その「純粋詩」に詩壇時評を載せるというので、ぼくがひきうけて書いています。ぼつぼつ詩の雑誌も出ていて、城左門さんの「ゆうとぴあ」とかいろいろあった。そういう雑誌のひとつに「現代詩」という、後年にも同名の雑誌がありますが、一九四七年（昭和二十二年）の一月号で北川冬彦とか近藤東とかいう人たちが座談会をやっている。題して「現代詩の系譜と其の展望」というものものしい題でした。それを読んで、ぼくはびっくりした。これはおかしいんじゃないかと。それを問題にしたのが、詩壇時評の「空白はあったか」という文章です。北川さんとか近藤さんとかはぼくらより感じとしては二世代くらい上の人で、北川さんは昭和初年から、近藤さんも昭和一桁の時代から、モダニストの詩というか、わりとアバンギャルドの詩を書いた人でした。その座談会の中で北川さんは「新しく出てくる詩人のためにどうしても啓蒙が必要と思うんだ。それはぼくらの義務だと思う。広い意味の戦争時代、ここ十幾年というものはまったくブランクだからね」、近藤さんがそれに応じて「悪時代が書かせるんだね」といってる。ぼくはこういう人たちの戦争時代を『愛国詩集』で知っていましたから、「何いってやがんだ」と、カチンときた。「空白とはよくいうよ」、それがテーマとなってぼくはエッセイを書いたわけです。

この二、三年後に鮎川が吉本隆明と二人で戦争責任論を展開して、わりと世間的に論争が大きく広がった。ぼくのエッセイはその端緒になったというけれども、ぼくはその時分にはそんなことになるとは知らずに、ただ、なんといい気なもんだと、その怒りで書いただけでした。けれども、この一件でいっそう見通しがよくなったという気がしたというか、先輩詩人たちはこれはもうはっきり駄目なんだなということがよく分かったわけです。ぼくはその頃ちょうど二十四、五歳でした。空元気(から)であったかもしれないし、そういう時代だから書けたということもあったと思うのですが。

*

ここで話題を変えて戦後すぐの世相について見よう。

飢え、とにかく動物として生きる飢えがまず第一にあった。年中飢えている。都会ではほとんどの人が飢えている。みんな痩せて、街をうろつきまわる。物資がないのに、なぜかコーヒーだけはどこにでもあって、コーヒー屋が街中に雨後の筍のごとくできていたんです。それも、けっこううまいコーヒー屋が出てきていた。それから滑稽なんですけれど、衣類なんかみんなひどいものを着ていたのに、闇市に行くとフライパンとか鍋が山積みになって売られている。鉄がいらなくなって余っているわけです。だけど、それらを使って料理すべき食い物がない。当時の新聞は、政府の方針だったのか、とにかく「文化国家」だということをやたらにいう。田村と笑ったことがあるんですが、戦争に負けたから文化国家だって、なんだこの国、いったいどうなってるんだって。文化とかカルチャーというのは口あたりがいいことばだけれども、とにかくなんともひどい、しょうがないから文化という感じ。政府もひどいもんだった。

その中で、京都で「世界文学」が出たり、「新生」という雑誌が一九四五年（昭和二十年）に出たと思う。永井荷風がひさかたぶりに短篇「踊子」を書いた。あまりいい短篇じゃないけれど、少なくともいろいろな制限とかことばや表現の制限がほとんどなくなったという感じでした。そういう意味では、そのときの爽快感というのは世の中全般にあったんです。それこそ何もかも焼けてなくなって、崩れるものは崩れ、灰だけしか残っていないという感じで、見通しがいい。よく見えるという感じの時代でした。ただインフレがひどくて新円交換とかやたらに値段があがるわけです。このインフレ傾向というのは四、五年続いたと思う。とにかくどんどん高くなってしまう。映画は五円から十円時代になり、十円時代がけっこう長く続いた。映画だけはそんなに急には上がらなかったんです。当時は映画の解禁というか、いままで入ってこなかったアメリカ映画がどっと入ってきたりして、観客も多いから、そんなに高くしなくてもよかったのだと思う。この十円時代には、週のうち二、三度は映画館に通っていました。あとは南京豆とか林檎の買い食いで、いまから思うとへんな時代ですが、それでもなんとか栄養失調にならないで生きてこられた。

＊

さて、「純粋詩」に参加して一、二年もしないうちに、福田さんと意見があわないというか、話しているとちょっと違うなという感じをもつようになったんです。彼は結局、まじめな人で、正面きって時代と向かうには左翼にいくしかない、と思いさだめたような口ぶりが非常に強い。ぼくらは戦争中から、中途半端というか真ん中というか、はっきりしないけれども、右翼も大嫌いだし、左翼もどうもおかしいんじゃないかという連中がわりと多く集まったような気がする。だから、話していてだんだん福田さんと衝突するようになってしまって、それじゃあ、やめてしまって自分たちの雑誌を作るか、となった。それが具体化したのが月刊「荒地」。一九四七年(昭和二十二年)の九月号が創刊号になったわけです。初めの二冊は田村隆一の編集、その後の三冊は黒田三郎の編集で、最後の六冊目はぼくが編集した。

それで、「荒地」は月刊でいこうということで始めたんですが、われわれのグループは、戦争中からわりと共通な感覚、ある程度似通った考え方、感じ方があったから、この雑誌をやったのだと思います。ようするに戦争中から世界や人間というものに対する幻滅感というか、文明に対する終末観とまではいかないけれど、それに近い感じをもっている人が多かったような気がします。

戦争が終わって見通しが明るくなった。それは感覚としてはそうなんだけれど、しかし実際にまわりを見ていると、マスコミなんかは手のひらを返したように、これから文化国家として再建するという明るいイメージをどこへいっても振りまいているような感じがしたんです。だいたいそれが気にくわない。ただそういうことをいってみても無駄なんで、戦争に負けたという大事件があって、負けたのならいっそうのこと幻滅をもって考えたらいいんじゃないかというのが「純粋詩」と別れた理由ですし、「荒地」グループのなかの共通した感覚だったように思うんです。幻滅をもちながら希望をもたないわけじゃない。しかし、日本人のそれまでのことを考え、戦争のことを見ると、そんなに希望がもてるような気がしない、という一種の醒めた感じ。それが「荒地」の共通した感覚でした。戦争中からの幻滅感というか、醒めた目で詩なり文学なり見てきた感覚や認識がそのまま戦争で負けても残った。ですから、創刊号で森川義信の「勾配」を載せたり、三好豊一郎の「囚人」という傑作、それの第一稿の「夜の沖から」を載せてみたり、二号では「新領土」の異色の新人で楠田一郎という、ぼくらの誰もこの人と会ったことがなく若くして死んでしまったけれども、その人の詩を載せている。こういうことは共通感覚というか、意味あるものとして受け取って、もういちどそれを活字にしたいという欲求から載せたのだと思います。

「荒地」の第四号で、フランツ・カフカの特集をやったことがある。先の「純粋詩」

でもカフカの特集をやっていて、これにぼくは「カフカの変身について」という文章を載せています。フランスのガリマール社から出ている文学雑誌があって、これに仏訳でカフカの小さな詩みたいな小編と「メタモルフォーゼ」すなわち「変身」が載っていて、これがまだ訳されていなかったから、あらすじだけをたどって紹介するつもりで書いたわけです。それで「荒地」でもカフカはおもしろいからやろうじゃないかということで、十二月号でやったんです。カフカの『審判』は昭和十六年頃に白水社から出ているはずで、ぼくらにとってカフカはけっこう古馴じみだった。鮎川信夫の「カフカにおける掟と罪」、三好豊一郎の「フランツ・カフカにおける因縁と運命」という文章を載せた。この時分はカフカはあまり知られていなくて、その後、新潮社から全集も出るようになりましたが、ぼくらはそのかなり前からカフカのすごさには気がついていた。それはちょっとおもしろいなと思うわけです。

カフカの小説のひとつのテーマは、理由のわからない謎めいた権力の所在というようなことです。それに関係したひとつのエピソードがある。ぼくは鮎川と、戦後まもなく、昭和二十二、三年頃だと思いますが、虎ノ門のあたりを歩いていた。あの辺は官庁街で、がっしりした建物がずらっと並んでいる。その日は日曜日だったので、鉄筋コンクリートの建物が両側にあるだけで、歩いている人はほとんどいない。「なんだかうす気味悪いねえ」とぼくがいったら、鮎川が「なんだかカフカ的だな」といったんです。ようするに、謎めいた権力の牙城みたいな建物、ビルが並んでいる異様さを彼はカフカ的といったわけです。カフカは自分たちの感覚に合うし、世間を見る、世の中を見るにも非常にいい足掛かりになった。

*

さて、話を生活のほうに戻して、ぼくも大学生になったわけで、当時は旧制だから三年でしたが、文学部は単位も三年間で十八単位とればいい。ぼくは一年のときに十五単位とった。というのは、前に話したように働かなければいけないという事情があったからです。とにかく、みんな飢えている。家族も友だちも飢えている。何も物がない。月刊「荒地」は、中桐があるところで書いているように、創刊号が一部十二円だったのが、次の号が十五円。三号、四号が二十円、五号が二十五円、最後のぼくが編集した六号が三十円。一年たらずのあいだに二倍半になっている。月刊「荒地」の定価だけを見てもインフレのひどさが分かる。諸物価もすべてこれと同じで、それだけ物が足りなくて貨幣だけが増えていたわけです。そういうなかで、「荒地」の連中は何をしたかというと、田村は新橋の三壺堂の二階で爺さんが編集している子どもの絵本の編集を手伝っていた。この頃の彼は、それしかないので濃紺の海軍士官のレインコートを着たきりでした。ある日、田村がそのレインコートを着て歩いていたら、アメリカ人とぶつかって、むこうも酔っぱらってなんだかわけがわからない。あわやのときに田村が「I was navy officer」といったら、ものすごくびっくりして逃げていったというばかばかしいエピソードもありました。鮎川は前にも話したようにお父さんの古道具屋の商売を手伝っていました。中桐は、これは一番優雅で、読売新聞の政治部にいました。そのうちに黒田三郎もインドネシアから帰ってきてＮＨＫの戦後第一期の報道記者試験に合格する。黒田も定職をもっているので、中桐と並んでぼくらにはうらやまれた。

そのうちにぼくは、「荒地」の仲間の伊藤尚志が早川書房の編集者をやっていたので、翻訳の下訳を請け負うことになったんです。田中純という翻訳者のドライザーの『アメリカの悲劇』上下巻のかなりの部分を下訳させてもらって、原稿一枚を五十円くらいで買ってもらった。あとは『グランドホテル』などの下訳やりながら、まだ学生をやっていたわけです。そのうちに、みな当てにならない商売だからしっかりしたところに入らなければと思っていたところ、東西出版社という版元があった。京橋の千代田生命ビルの七階のフロアを全部使って百人以上社員がいる、けっこう大きな出版社でした。そこで生まれて初めて定職を得たわけです。大学の三年生になった頃でしたが、むろんそんなことはいう必要もないから、何もいわないで入社してしまった。ぼくがあてがわれたのは初級英語雑誌「パック」の編集で、十四ページしかない雑誌でしたけれども、取材から企画から営業、校正、原稿料の計算まで、全部一人でやったんです。たまたま編集長が龍口直太郎（英米文学者・翻訳家）という東京外語の英語科を出た先輩だったので、義理もあって、ぼくにしては一年間と長く勤めました。その最後の頃に取材で中島健蔵さんのところに行ったら、「きみはたしかうちの仏文にいるだろ。何をやっているんだ。とにかく論文出せば卒業できるから、大学を出てなければ駄目だ」というので、「そうですか」と勤めをやめたわけです。

ぼくは入学したのもどさくさだったけれど、出るのもどさくさで、卒業論文を書かなければ卒業させてくれないのは確かなので、たまたまこの頃はパスカルを読んでいたけれど、ロートレアモンも短くておもしろいからいいのではないかと、どちらにしようか迷っていたんです。ところがパスカルの『田舎の人への手紙』を読んで仰天して、ちょうど森有正さんがいたし、とにかくパスカルにしようということになった。森有正さんは陸軍の復員服を着て痩せこけて、不精髭をはやして、目が鋭く、なんだかとっつきにくかったんですが、森さんならパスカル、パスカルなら森さんということで、アドバイスでもいただこうと思って、ある日、東大のキリスト教会館の木造の一室に住んでいると聞いて行ったんです。ドアを開けた途端、ものすごい音量でオルガンの音が聞こえてきた。弾いているのが森さんだということはすぐに分かった。その曲がバッハだということと、なぜかそれを聞いたら、これは駄目だと思ったんですが、バッハの宗教音楽をやっているような人というのは、ちょっと自分とは感覚が違う。それだけで怖じ気づいて、一人で考えて書こうと思った記憶があります。とはいっても特にパスカルに詳しいわけではないので、「パスカル論序説」というもっともらしい題で自分の考え方を書いて、半分フランス語、半分日本語で書いていい制度のおかげで、なんとか卒業できたというわけです。

＊

一九四八年（昭和二十三年）五月に月刊「荒地」は廃刊している。そのとき「荒地」を出してきた東京書店がフランス映画のプログラムの編集を一手にひきうけるようになったので、書店の親父が鮎川とぼくにやってみませんかと声をかけてくれたんです。まだフランス映画が来たてで、一番初めに来たのが「美女と野獣」だったと思う。他にアメリカ映画など、旧連合国の映画もいっぺんに来たが、いまみたいに民間を通してではなくて、フランスの政府の団体、フランス映画輸出協会（ＳＥＦ）の役人みたいな人が東京に来て、配給からぼくと鮎川の編集したプログラム製作まで全部とりしきっていたんです。そんなことで「カルメン」とか「しのび逢い」とかのいろいろなプログラムを作ったんですが、あるときＳＥＦにたまたま大岡昇平が陸軍の復員服を着てやって来た。ぼくらは大岡昇平だとすぐに分かった。すごく喧嘩っぱやい人で、会社の上役の人と口論している。鮎川は戦中にスタンダールに傾倒していた時期があって、大岡さんがスタンダーリアンだったから、彼は意気ごんで「ぼく、鮎川っていうものですが、大岡さんの翻訳おもしろく拝見させていただいています」とかなんとかいいはじめた。すると大岡さんは「いや美青年だな、きみたちは。さよなら」とだけいって、出て行ってしまった。まったく問題にもしなかったんです。

ぼくは十五、六歳の頃からモダニストみたいな詩をことば遊び的なおもしろさもあってさんざん書いてきたのだけれど、戦前の詩を読むとロクなのがない。そういうわけで、これは普通の標準的なものを書いているなというぐらいで、友だちも誰も認めてくれなかったと思う。ところで、月刊「荒地」昭和二十二年十二月号に「墓地の人」という詩を書いています。これを原稿用紙に書いて鮎川のところへもっていったら、「悪いけれど、全然きみの詩を認めていなかったけれど、この詩には驚いた」という言い方で、ものすごく褒めてくれた。

この詩を書いた動機は、ぼくが三商のときのわりと仲良くしていた同級生が戦争が終わって二年くらいで結核で死んだ。その知らせに衝撃を受けて書いたんです。けれど、そんなことはどうでもいいんで、鮎川や中桐が「ことばの使い方がいままでになかった新しい展開のしかたで、非常にユニークだ」と褒めてくれたことが嬉しかった。自分の詩が褒められたのは、これが初めてでした。そんなこともあって、この詩を十二月号の巻頭に載せてくれたのだと思う。この詩を書いて、自分の詩のコツをつかめたという感じがたしかにありました。書いたときはまるで無意識に書いたんですが、あとで考えてみると、ほぼ二十八、九行から三十行で、それが自分の詩の呼吸に合っているという感じでした。しばらくはその長さの詩を五、六篇書いています。

その後に「センチメンタル・ジャーニー」という詩を三つ書いたんですが、初めの「センチメンタル・ジャーニー」の「滅びの群れ……」から始まるものを「詩学」に載せた。これも鮎川から「お前さん、十五のときくらいから見ていて、いつもだるがっているけれど、そういう感じがじつによく出ている」とへんな褒め方をされたり、文章でもそのことを書いてくれて、鮎川からはいろいろ激励された。考えてみたらぼくは理論家じゃないし、詩についての文章を書いていない。ところが鮎川は昔から評論家の側面が非常に強い人で、そういう人からよく腑分けして評論で書いてもらうことで大変な励ましになって、ありがたく思っている。ちょうどこの頃、毎日が食うための労働で疲れきっている。そういうものがこの詩の基底にはあるような気がするんです。ほぼ同じような時期に書いた「雨」もそうでしょう。二番目の「センチメンタル・ジャーニー」を読み直してみると、やはり時の刃にずたずたに裂かれているように、いまにしてみれば思えます。たとえば、第一行に「滅びの群れ」などということばをもってきたところからいっても、「荒地」に共通した対社会、対世界、対人間への幻滅の感覚というようなものから出ていると思うんです。

このへんの詩ではっきりしているのは自然と関係ない詩ということ。やはり街の詩というか、雑踏の中を歩いている男が書いているような詩でしょう。文字どおりセンチメンタルというのは、ぼくのずっと前の短歌との接し方でも分かるように、いい意味でも悪い意味でもことばの選び方に出ているような気がします。五行目には「銀座通りを歩く」とあるんですが、これはやっぱり浅草だとどうもまずい。銀座はちょっと気どった下町で、サンダル履きでなくてピシッと革靴をはかなければいけない。全体の感じは、いま読むとかなり抽象的なものだと思うんですが、青年期は抽象を愛するところがあって、幻滅感、喪失感、倦怠感といったもののなかに生きていた自分がある程度よく出ていると思う。こういう感覚には銀座でなければまずいと思う。浅草は久保田万太郎くらいにまかせておけばいい。後年の詩と比べるとやっぱりずいぶん違っていて、「ひろがってゆく観念があり、縮まる観念があり」とありますが、やはりいま年をとってから読むと、観念的な詩ではないかなと思う。それにしても「センチメンタル・ジャーニー」と「雨」は幸いにして当時、自分では思いもしなかった好評を得た思い出のある詩です。

＊

ぼくは一九四九年（昭和二十四年）に大学をどうにか最低の成績で卒業した。就職しなければいけないが、二、三社受けてみな落っこちてしまったんです。そのうち求人ビラに「大阪商事株式会社社員募集」とあった。商事会社といえばだいたいは貿易に関係しているから少しは外国語が扱えるかもしれないという考えがあって、日本橋にあるその会社に行ってみたんです。そうしたら驚いたことに証券会社で、当時は日本に百何十社の証券会社があったんですが、証券ではなくて商事という名前をつけていたのはこの一社だけでした。名前のとおり大阪が本店で、大阪ではかなり老舗の証券会社でした。それで受けたら受かったんです。調査部に配属されて、企業の業績を調べて記事を書くのが仕事でした。ぼくは旧制商業を出ていたから多少のことは分かりましたが、会社に行って財務の人に会って現況を聞いてきたり、工場に行って調査した結果を十六ページくらいのパンフレットにまとめる仕事を与えられたんです。まだ企業がみな赤字の時代でした。たまたま三井系の化学肥料会社を調べに行ったことがあるんですが、その時代は農業と石炭の増産の時代ですから、「この会社は注目したほうがいい」なんてわけのわからないことを書いたら、そのせいかどうか株が暴騰した。それでものすごく褒められて、「おまえ、将来、調査部長になれる」なんておだてられた記憶があります。

そういうことで化学部門とか鉄鋼部門とかを受け持ったのですが、年中外勤でけっこう楽な仕事でした。けれども、二年近くやっているうちに、いやになってしまった。株で儲けるとか損をするとかいう人たちのために記事を書くなんてなんだかつまらない。一方で細々と詩は書いていたわけで、いっそ文学と関係ない仕事だからいいと最初の一年くらいは思いましたが、やはり脂ぎった利益追求の集団に囲まれている息苦しさというか、とてもぼくのいるところじゃないという気がしてきたんです。二年近くたった頃たまたま「きみ、名古屋支店に行ってくれ」といわれたときに、これはいいチャンスだとやめたわけです。当時、すでに失業保険の制度がありました。五反田の職安に一週間に一度出頭して現金をもらう、へんな制度でした。失業保険をもらってぶらぶらしていた頃、田村も勤めていた雑誌社をやめていて、料理屋兼旅館みたいな家業を手伝ったりしていました。月刊「荒地」をやめて三年くらいたっているから、何かしたいという感じはお互いにあったんです。それで大塚にある田村の家などに集まってはそういう話をしていた。「荒地」のときは、月刊と宣言しながら間があいて、半年に一冊というペースになってしまったから、この際、年刊の単行本形式でやろうと話がまとまったわけです。

ところが、本当はそのずっと前に『荒地詩集』の計画があって、月刊「荒地」の一九四八年（昭和二十三年）一月号で広告まで出している。ぼくと田村、鮎川、三好、黒田の五人でやろうということになった。中桐は広告のメンバーには入っていなかったからいい気持ちがしなかったと思う。なぜ中桐がはずされたかというと、ぼくはそのへんの事情はよく分からないんですが、戦後になって、中桐が戦争中に「山本五十六伝」を書いたりしていたことが明るみに出た。それほど好戦的とか戦意を煽るようなものではなかったけれど、鮎川などはそういうのが根本的に困るという考えがあったのだと思う。だから彼の勘で、初めは中桐はちょっと加えないでおこうと思ったのでしょう。このあたりのことは、田村とか三好のほうが知っているかもしれない。

さて、『荒地詩集』は広告はもちろん、すでに校正もすませてもうじき発刊というとき版元の東京書店がつぶれたんです。その後、真善美社(しんぜんび)という版元が自分のところで出しますといってきた。当時は紙の配給がうるさい時期で、この程度のものでもけっこう紙がいるものだから、紙の配給券がたっぷりある出版社でなければできない。この版元は実際かなり大きい会社だったようで、中村真一郎の『死の影の下に』など当時、時代の先頭をいくような若い人の本を出している出版社でした。それなら大丈夫だろうということで、東京書店からそちらへ鞍替えしたら、倒産寸前だったことがあとで分かって、百数十ページもあった紙型まで行方不明になってしまったんです。

四八年版の幻の『荒地詩集』は五人の詩を集めたものでしたが、今度は広く詩をもちよってもらって、五一年版から年刊『荒地』を出そうということになった。ぼくはたまたま失業中だったので、毎日のように大塚の田村の家へ行って、彼と二人で編集をしようということで原稿を集めたわけです。そこで発行元をどこにするかとなったが、そのときに田村は早川書房に伊藤の後釜で入っていたので、早川さんに出版元になってもらうことになった。

夏までには出るということになりました。部数について、「詩学」の編集者になっていた木原孝一は、五百部以上なんて売れっこねえ、詩の雑誌をやっているから分かるという。けれども、五百部では本屋への配本にも半端だということで、結局三千部刷った。やってしまったら一年たらずでほとんど売れた。装丁の『荒地詩集』という題字がきれいな字なんだけれども、あれは三好豊一郎が自分で書いたものです。彼は絵描きだから、そういうのがうまい。ただ金がなくて、同人がお金をもちよって作ったわけだから、紙の悪いことはいまだかつて見たことがない。いまもし残っているとすればボロボロになっているはずです。まわし読みしたらすり切れてしまうのではないかと思うほど、ひどい紙でした。後年、国文社で復刻してくれたけれども、初めは製本もひどいものでした。

第一号の冒頭に「Xへの献辞」と題して、「現代は荒地である。そして、ぼく達は、それが単に現在的なものの兆候によってのみ、充分に測定され得るものとは思っていない」と始まる。これは、五人だけの四八年版『荒地詩集』のときに書いたもので、よく覚えています。たしか杉並区の黒田のアパートに集まったときだったと思いますが、献辞を作ろうということになって、鮎川に執筆を頼んだ。鮎川が「できたよ。諸君、聞いてくれよ」と自分の草稿をもってきて読んだ。ぼくはそれを聞いてすっかり感心した。たしか一カ所変えただけで、これを五人のアンソロジーのトップにそのまま載せようと決めたんです。むろん無記名の文章だけれども、これはすぐに鮎川の文章だと分かる。鮎川は知性的、感性的に非常にバランスのとれた人ですから、目配りが非常によくきいている。彼はぼくらよりも二つくらい上で、モダニストの駄目なところから、マスコミとかインテリのひ弱なところを戦中からずっと見てきた。だから気どった文章に見えるけれども、やはり一種の沈痛さも含んでいて、けっして景気のいい宣言、マニフェストという感じじゃない。「荒地」の共通感覚というものがあるとすれば、そういうものをきわめて過不足ないレトリックで書いた名文だと思う。

五一年版に田村は短い散文詩を九篇まとめて書いています。「月光」「冬の音楽」「沈める寺」など。これらの詩についていえば、大塚の家に行くと、「北村、散文詩ができた。読むから聞いて」と、彼はかならず朗読してくれる。田村は落語家になろうとしたことがあるくらい声がいいんですが、「腐刻画」の「この男／つまり私が語りはじめた彼は／若年にして父を殺した／その秋母親は美しく発狂した」というその最終行の「母親は美しく発狂した」というところでケラケラケラケラ大声で笑いだすんです。ぼくの持論でもあるのだけれども、どうも彼の詩については、この初めの頃の九篇の散文詩の素晴らしさに尽きるというか、あとの詩よりも長持ちするのではないかという気がいまでもしている。なんといっても田村の若いときのいいところが一番よく出ているんです。

一九五一年（昭和二十六年）八月、やっと『荒地詩集』が出た。そのときにぼくは失業していたんですが、妻子がいるし、子どもはそろそろ小学校に入る時分で呑気にしていられない。その頃、朝日新聞の編集記者募集広告を見たんです。受けたら見事に落っこちてしまった。そうしたら二、三日して速達が来て、校閲部で人が二人ほしいからもう一回受けてみないかといわれ、三百人くらい来ていたけれど、校正には経験があったからかろうじて受かり、校閲部に入ったわけです。失業中には「フランス語教師します」などと電信柱に貼ったり、父がたまたま銀座で露店のおもちゃ屋をやっていたから、かみさんとぼくで手伝ったりもした。それを田村が針小棒大な話に仕立てて、「北村はじつに偉い男だ。五反田の家から銀座まで大八車をひいて歩いている」なんていっていたから、その話を信用して涙を流して感心したやつがいるらしい。ところが本当は、大八車は銀座の的屋の親分の家に預けて、こっちは電車で行って店を出していた。それがいつのまにか、田村の手にかかって夫婦美談になったというわけです。

＊

十一月、朝日新聞社に就職して生活は安定したんですが、あくる一九五二年（昭和二十七年）の夏、突然に奇禍に遭う。八月のある日の夕方、四時の夜勤で出社したら校閲部長が「きみ、急いで帰ってくれ、奥さん、子どもさんがひょっとしたら大変なことになっている」という。よく聞いたら川崎で潮干狩りに行って、事故に遭ったという。会社から車を出してくれて川崎に行った。暗鬱な気持ちで、気も動転しているから、どういうことかわけが分からない。現場に行ったら、漁業組合が管轄してる地域で潮干狩りをしていたところ、急に深く掘られたところがあったらしくて、どうもそこにはまってしまったらしい、と。船もいっぱい出て探したけれども、全然行方が分からない。びっくりして、茫然自失で涙も出ない。八月二十七日のことでした。夜になって今晩は捜索はいったん打ち切るということになり、「とにかくお帰りください。あしたまた」という漁業組合の話で、そのときは家に引き揚げた。父も母もそのときはまだ健在で、どうも駄目らしいということで、父も「あしたは俺もいっしょに行くから」といってくれたが、心配のあまり飯が食えない。まったく食欲の〝しょ〟の字もない。親父に「そんなことじゃ、おまえ駄目だぞ」といわれた。

その晩はまんじりともせずに、目がさめると、喘息で死んだ長兄がまだ元気だった頃で、長兄が「今朝、ラジオでいっていたが死体があがったそうだ」と小さな声でいう。前の日から覚悟はしていたんですが、とにかく父と二人で川崎からバスに乗って現場に行った。現場に行ったら二人ともあがっていたんです。とくに子どものほうは綺麗な顔をしていた。女房の和子は水を呑んで、すごくお腹がふくれて、かわいそうになりました。そのとき初めて泣いたんです。ちょうど兄貴は毎日新聞の記者をやっていたから、駆けつけてくれて、いろいろ世話をしてくれました。彼は事件記者だったから、そんな愁嘆場はいっぱい見ていたらしく「しっかりしろ」といわれた。その日検屍を受け、普通なら一日おかないと火葬にできないんですが、事故だということが分かっているから、検屍官が「今日、火葬してもいい」という。たしかぼくはそのとき、人に見せたくないからすぐお骨にする、と親父にいったら、父も賛成して二人の遺体を棺桶につめて、通夜もしないで火葬場で荼毘に付したわけです。

妻子に対する思いはある。夫婦喧嘩もしたし、いろいろありましたけれど、何しろ、ぼくが学生時代に惚れに惚れてもらった女です。まだ二十七歳という若さでした。子どもはぼくが兵隊に行く前の一九四三年（昭和十八年）の十一月に生まれている。小学校の三年でした。この子は学校ではものすごい秀才で、成績はいつも一番でした。このときの喪失感は忘れることができない。そんなのはどこにだってある事件ですが、まさか自分に起こるとは。新聞社の校正をやっていたからそういう事件は年中見ていたわけです。その事件が起こったときに、なんだかこれは自分に罰がくだったという気がしました。ぼくは聖人じゃないから、いろいろ悪いこともしているし、ぼくが知らない罰があるのかもしれない。とにかく意味づけするならそれしかないような気がしたんです。

それからすでに三十八年、すごい月日がたっている。やはり歳月はすべてを癒すというが、事件の意味とかは考えることはあっても、だんだん悲しみからは離れてきています。でも、やはりそれは詩に書かなければおさまらないような気がして、五三年版『荒地詩集』に「終わりのない始まり」を書いたんです。読んで分かりますが、この詩について鮎川には、月日がたつと感情過多というか、齟齬を感じないわけにはいかないとか書かれていたと思います。たしかにそういうところがあるんですが、ぼくとしては書かないではいられない。書き終わったら、運命とか罪とかあまり考えなくなりました。けれどもその後も、やはり自分の罪とか自分の知らない罰とか意味づけしないと落ち着かない気がしているんです。でも、いまだに結論が出ているわけではないので、ときどきは思い惑っている。ただ、死んだ彼女が、その後の詩でも使っているが「あなた、わたしを生きなかったわね」といっているのではないかという気がする。わたしがこういう死に方をしたのは、あなたに直接関係はないんだろうけれども、あなたはようするに自分だけの生を追求して、わたしを生きなかった。へんな日本語ですが「わたしを生きなかった」という言い方で亡妻が迫る。

＊

一人暮らしになって親父とお袋といっしょに住んでいたのを、そこから歩いて十五分くらいで行けるところに六畳一間のアパートを借りて住むことにしました。すると、鮎川とか伊藤とか「荒地」の仲間がときどき遊びに来る。鮎川は二、三度泊まっていったことがある。彼はといえば、とくに自分の肉体については非常にシャイな人で、銭湯にしても「ぼくひとりで行く」と、絶対にいっしょに行かない。非常に印象的だったのは、手をやたらに洗う。意味があるんだろうと思うのだけれど、シャボンでじつに丁寧に手を洗う。その鮎川から「きみはフランス語ができるんだから、イタリア語もやれば」と唆されたことがある。「きみが訳したやつにぼくが手を入れて、ダンテの『神曲』を出さないか」と。それは結局、ぼくが怠け者で実現しなかったけれど、そんな話をしたこともありました。それから、彼から女の話を初めてこのときに聞いたんです。いわゆる昔の遊廓、当時は赤線がまだあって、遊びに行くと「まわし」という制度がある。ぼくも一人になった当初は遊びに行かないでもなかったので、そんなこと知っているのに、お前は知らないだろうといわんばかりに、非常に細かく話すんです。「じつにあれは不思議な制度だ」と。

その頃、ぼくはヘミングウェイを訳して、伊藤尚志が始めた荒地出版社から新書版の本を出したんです。たまたまその年、一九五三年（昭和二十八年）、谷川俊太郎さんの第二詩集が出て、鮎川と「なかなか新鮮な詩人が出た」というような話をした覚えがあります。鮎川によるとその谷川がヘミングウェイ短編集を非常におもしろい作品だといっていたらしい。また、その年に、飯島耕一の『他人の空』とか吉本隆明の『転位のための十篇』が出ています。ぼくらが一番若いんだと思っていたら、それほど年は違わないにしても、だんだん若い人たちでフレッシュな詩を書く人が出てきたなという感じがありました。けれども、ぼくは自分の身のまわりの事情などもあって、その頃はそれほど詩には熱心でもなかったんです。「列島」にもいろいろな人がいたけれども、とくに記憶に残っているのは長谷川龍生とか関根弘。この二人は目だっていい詩人だなと思ったくらいで、本当のことをいうと、他の人はそれほどおもしろくなかった。ぼくの個人的な考えでいうと、長谷川は、ちょっと気味が悪いくらいに、あるいは病的といっていいくらいに神経の細かい人だなという印象を作品から受けました。関根さんはいわゆるプロレタリア詩人なんだけれども、戦中にあったプロレタリア詩からは一変化も二変化もしたというか、あるいは戦中のプロレタリア詩とははっきり切れているといってもいい、モダンで余計な思い込みのない、じつに醒めたすてきな詩だったというのを覚えています。関根さんはいわゆる「狼論争」をやった。これが論争としておもしろく、いままでの左翼系の詩人になかった鋭さをもっていて、それをすごくうまく出す人だなという印象がありました。もっとも個人的なつきあいも何もないわけで、書いたものを読んだだけでしたが。

他の仲間の詩人たちについても、周辺にいるという自分の立場は全然変わらないわけで、たまに会があっても、あまりしゃべれなくて、たいしたつきあいもなかったんです。ですから、たまに会に出ると、会と関係のないことをボソッといったり、結果的に白けるようなことをぼくがいうというので、鮎川はぼくに「ウェットブランケット」という綽名（あだな）をつけた。ウェットブランケット、ようするに「座を白けさせる」。ぼくは無神経だから気がつきませんでしたが、別に意図して白けたことをいっているわけではまったくないのに、間が悪いというか、冷たくいい放っているような結果になるというわけです。そういうことであまりつきあいもなかったんです。

*

ここで、いままであまり名前の出てこない「荒地」の仲間について話をします。まずは黒田三郎です。黒田はぼくよりも三つ上だが、黒田三郎という名前だけは戦前から知っていました。それが戦後、「荒地」に入ってきた経緯は知らないけれども、いわゆる北園克衛的なキラキラしたモダニストの詩の中で黒田が変わっているということは評判になっていた。月刊「荒地」を始めたとき、稲荷堂に鮎川が住んでいて、そこで彼と初めて会ったんです。大男で、鼻がばかばかしくでかい。なかなか独特な面構えをした、おもしろい人物で、すでにNHKの第一期生の応募記者に受かって勤め人になっていました。彼が入ってきて、それまでの鮎川を中心とした早稲田派というか、「ル・バル」、つまり早くいえば後年の月刊「荒地」の仲間とはまるで違った人が入ってきたという印象がありました。作品のうえでも、第一にたくまざるユーモアがある。「荒地」の連中というのは、どちらかというと、象徴詩の残滓があるというか、保守的であるといえる。ところが黒田は黒田でなければ書けないような、驚くほどやさしい文体の詩で、ぼくらを驚かせたわけです。ユーモアもあるし、非常に独特な人だというのが、仲間の評判でした。「荒地」も、それまでは個性はあっても似たようなところがあったけれど、まるで違う人が入ってきたという感じでした。後年になって刊行された彼の日記を読んでもわかるように、大変な勉強家でした。モダニストの北園克衛とか前衛的な詩に興味をもっていたから、古いものを知らないかと思うと、そういう教養の非常にある人で、びっくりしました。こういうタイプの人がいなかっただけに、詩といっしょにその人柄も珍重されていたという感じでした。ただ、呑むと、ある一瞬、突然猛烈に酔う。そうなると、謹厳なNHKマンが突然に絶叫する。普段はまじめすぎるほどまじめだという気がしましたけれども。彼の詩集では『ひとりの女に』が有名だけれども、戦中の詩も含めた『時代の囚人』というのが実質的には処女詩集となる。ぼくは「黒田三郎論」を書いたことがありますが、『ひとりの女に』はやさしい言葉であんなにすてきな詩が書けるのかという見本みたいなすてきな詩集でした。けれども、ぼくは自分の考えとしては『時代の囚人』が何度読み返しても、その題のとおり時代というものを表している一番優れた詩集だと思う。『ひとりの女に』や『小さなユリと』は彼の熟れきった得意中の得意の球を投げている詩という気がする。『時代の囚人』はもっと若いときの詩も入っているということもあって、フレッシュで完成度は低いかもしれないけれど、何度も読み返してみても、分からないところ、謎めいたところもあるが、記憶すべき詩集だと思う。

黒田は晩年は「詩人会議」の議長か委員長かになったけれども、その間に、昭和二十五、六年か朝鮮戦争が終わる頃、あれは警職法反対闘争のとき、「妻の歌える」という詩を書いています。五二年版「荒地」のはずです。それでその詩を会合にもってきた。他の人のも含めてまわし読みしたら、そのときは座が白ける感じを受けたんです。読んでみると、一人の妻という立場から、再軍備反対ということをわりとはっきりといっている詩でした。黒田は非常に教養もあり、いろいろな詩の形を知っている。けれども、こういう詩を書くというのは、それまでの黒田とのつきあいのなかでちょっと意外な感じがしました。彼の目がいわゆるマスコミ一般とか、たとえば雑誌「世界」に書いてあるのとあまり変わらない。だいたい詩がちっともおもしろくなかった。ぼくだけじゃなくて、同じように思った人が何人かいました。けれども、黒田は敢然としてそれを出したわけです。ちょっと困った人だな、どうしてこういう詩を書くのかなと思った。

それは、それこそ戦前からマルクスに親しんでいる人でもあるし、分かるところもあります。ただ詩として出されたものについてはぼくはほとんど感心しなかった。けれども、黒田はこの後にも、こういう詩ばかり書いていたわけではなくて、ご承知のとおりいろいろな詩集を出している。それで後年、鮎川に「黒田が今度、『詩人会議』の議長になったんだって」といわれても、どういう意味なのかはさっぱりわけが分からなかった。つまりそういうことに関心がなかったせいもあるが、でも黒田ならありうるのではないかという気もするにはした。こういう言い方するとおかしいけれども、経済学を専攻した勉強家というのが黒田のイメージですが、だからああいうふうにな
ってしまうのかなと思った。

彼は、一九八〇年(昭和五十五年)の一月に亡くなっている。その前に一度だけお
見舞いに行ったことがあります。そうしたら放射線の治療かなんかで、喉のところに
傷があったんですが、ものすごく元気なことをいうから、これは治療が成功するので
はないかと思いました。そのときは好々爺になった感じで、詩の話も人の噂もしない
で、別れました。それから間もなく、五カ月くらいたって亡くなってしまった。けっ
こうお酒を呑みながらも気をつける人だったから、もっと長生きすると思っていたん
です。もともと奥さんともども肺結核で療養していたこともあったんです。これは迷
信だけれども、結核になる人は癌にならないという。それで「荒地」の仲間は結核に
なったやつが多いから癌にはならないよなんて、迷信みたいなことをいったことがあ
ったけれども、それは結局迷信であって、癌で死んでしまったわけです。

ぼくにとって黒田は兄貴分、勉強好きな兄貴という感じでした。それほど深いつき
あいではないけれども、何かあると非常によく面倒をみてくれる、そういう点では鮎
川と似て、大正の中期以後に教育を受けた人の特徴なのかなと思う。非常に親切で、

ありがたい先輩でした。

＊

つぎに中桐雅夫について。中桐は黒田と同年の一九一九年（大正八年）の生まれ。ぼくが中桐と初めて会ったのは一九三九年（昭和十四年）、中桐が家出して上京してきて、「銀座のコロンバンに集まれ」の電報を在京の同人すべてに打って呼び集めたことがあった。夏の暑い日でした。浅草から駆けつけると、白い飛白（かすり）に袴（はかま）をはいた青年がニコニコ笑って、関西弁でベラベラしゃべっている。中桐だとすぐ分かった。彼はまだ十九歳か二十歳くらいだったと思う。非常に威勢のいい人で、とにかく何にもまして詩が好きでほかに趣味はない。たとえば鮎川だったら遊び事が好きで麻雀なんかをするし、黒田なんかだったら詩以外の一般教養書にやたら詳しいのだけれども、中桐は本当に詩が好きで詩以外にはほとんど何にも興味がない。それが第一印象で、後年までずっとそうでした。そのときは神戸高等商業を中退して上京してきたから、このままでは徴兵にひっかかるというので、日本大学芸術科の学生になった。で、学生の身で一九四一年（昭和十六年）の春から国民新聞社の校閲部に入って、苦学しつつもじつににこやかにしていた。衆目の見るところエディターとしてはこんなに優れた人はいない。とにかく同人が持ち寄った原稿に目を通し、評価を下すスピードといい、それからその原稿をどういう順番にどういうふうに並べるかという手際のよさ。これは一流のエディターじゃないかと、みんなにそう思われていました。ぼくは一九四二年（昭和十七年）に結婚したのだけれども、そのとき、この話を最初にしなければいけないのは中桐だと思いました。そのとき彼は、豊島区の椎名町のアパートに恋女房の文子さんと二人で住んでいました。彼のところに行って、結婚するっていったら、ぼくはまだ大学一年生だというので、「きみ大丈夫か？　生活は？　親の許可は？」と事細かにいろんなアドバイスをしてくれました。

彼はとにかく詩が大好きだった。好きだから詩を見る目が的確でした。中桐と鮎川とは詩を見る批評眼という意味では、違う面もあったけれども、非常に合っていました。ぼくらのあいだでは詩の学校の校長先生と呼んでいました。それほどに、詩のテクニックについては、行の変え方とか、そういう点にいたるまでの指摘がいちいち頷けたわけです。彼は一九四二年（昭和十七年）、読売新聞社に移る。仕事も校閲部から政治部に変わって、政治部の記者としてもなかなか優秀だったようです。そのうち海軍省詰めの記者にもなっています。

その間に、前に話したように、後年に問題になった『山本五十六伝』みたいな本を書いています。これはどういう経緯でどういうのを書いたのか詳しいことは知らないけれども、とにかくぼくや田村が一九四三年（昭和十八年）に海軍に入る直前にできて、ぼくは見たような記憶があります。こちらは戦争に行く用意で忙しいからろくに読みもしなかったけれども、こういうものを中桐が書くようになったのかという感じだけで、なんだこれはと思った記憶もない。けれども戦後、その本の所在がわかり、「ロスト・ジェネレーションの告白」を書いた男がなんだ、これはということになったわけです。たしかに戦争が終わって、月刊「荒地」を作ろうということで同人が集まったときには、中桐の書いたこの本のことはみんな知っていました。けれども誰もそれについて、きみはあんな本を書いてけしからんじゃないかと面と向かっていう人はいなかったんです。後年、中桐が死んだあと、鮎川がこういっている。たしかに若い人たちを戦争に駆り立てていい気持ちで死なせるような面もあるかもしれないけれど、冷静に読めばそんなにひどいものでもない、と。

中桐は一貫して非常に詩の好きな人で、詩をたくさん書いています。あらためて今度全詩集を読んでみて相当すごい詩人だなという気がしました。詩の先生といわれるだけあって、テクニックのうえでも人が真似できないような詩を書いている。ただ最晩年に書いた詩については書評で書いたことがあるが、詩としては立派な詩だったと思うけれど、自分の感情をはっきり出していて、そういうところはぼくにはあまりおもしろくない。それから彼は、昔モダニストが書いたような難しい詩は書くべきでないといっている。そのとおりだと思うけれども、内容を見ると、少数者の見方をいって、じつは多数者の論理に従っているのではないかと思うんです。「おれは絶対風雅の道をゆかぬ」という有名な一行がある。ぼくも風雅は嫌いだけれど、芭蕉なんかをもちだしてきて、ああいうのは風雅だといわれると、ちょっとそれは違うんじゃないかと思うんです。ほかにもちょっと考えてしまう詩がありますね。それはさておき、彼の詩業全体を見てみると、得がたい、じつに立派な詩人だったという気がします。

聞いた話ですが、黒田と中桐と田村とは合わせて三大酒呑みだそうです。有名な話だけれど、黒田はボーナスをもらった夜、酔っぱらってトラックに轢かれて、というより酔った黒田の上をトラックが走ったのだそうです。ほんの少し掠り傷を負っただけだったが、まわりの人がびっくりして病院に運んだ。それで奥さんが駆けつけてみたら、産婦人科だったとかで、激怒したという話がある。酔っぱらいといえば、中桐も相当ひどい。昔は泥酔するような呑み方ではなかった。けれど、定年の前に喧嘩したとかで読売新聞をやめて以降、とくにひどくなったようです。鮎川から聞いた話ですが、奥さんが「うちの旦那、タクシーで真夜中に帰ってきたら、顔中血だらけだった」と。鮎川はそういう話を一回だけではなくて、二、三度聞いたという。ようするに、タクシーに乗ると、黙って乗っていればいいのに急に運転手にけちをつけるのだそうです。「おいてめえ」とか「それでもプロか」とか。で、表にひきだされてぶん殴られる。酒と関係あるかどうか、中桐は咽頭癌で死んでいます。食わないで呑んでばかりいて、ある日机の下に横たわって死んでいたという。緩慢な自殺というか、そこには一種激しいものがある。

ひとことでいうと、中桐は黒田や鮎川と同年に近い人だったけれども、わりと説教癖があったんです。彼はにやにや笑いながら、決して教師みたいにまじめな顔をしていうわけでないのですが、やはり詩の学校の校長先生らしく何か教育者的に教え諭すところがあった。ぼくにとっては非常にやさしい人でしたけれど。

*

つぎに三好豊一郎について。三好は鮎川と同年の一九二〇年（大正九年）、八王子生まれ。せんだって、「若草」という古い投稿雑誌を見たら、三好が詩を出しています。おそらく十七、八歳の頃です。ぼくは三好はモダニストの詩を書いていないのではないかと思ったら、書いているので驚きました。三好はアバンギャルドとか、そんなはしゃいだような詩は書かないのだと思っていたのですが、多少は書いていた。三好は後年、東洋的なもの、とくに漢詩に非常に共感をもった。中桐もイギリス文学の好きな人だったけれども、漢詩なんかも読んでいたと思いますが、段違いで読んでいたのが三好豊一郎と加島祥造の二人です。加島は英米文学者なんだけれども、そういうことが好きでした。

さて、三好豊一郎は「荒地」の同人のなかでは一番初めに詩集『囚人』を出しています。その詩集をみてもわかりますが、人間の孤独を書いて、戦争がなければこういう詩は生まれないんじゃないかというような、ユニークな詩です。なかには、「あれは五月の」「手」「青い酒場」とか、これが三好の詩かと疑うくらい洒落た詩もある。それが徐々に漢語の多い詩をたくさん書くようになる。東洋趣味というか、中年以降ははっきりその傾向が出てきて、漢語の使い方ひとつとっても非常にユニークな人だったと思う。でも、ぼくは東洋趣味というのはすごいとは思うけれども、ちょっとついていけない。やはり、ひとつのエスケーピズムという感じがどうしても抜けないわけです。

*

つぎに加島祥造について。加島は英米文学者で、アメリカなどにも行っている。西欧の詩は脚韻（アリタレーション）を大事にするけれど、加島の詩について中桐は、頭韻のおもしろさにハタと膝打って感心したというようなことをいう。若いときから軽快な詩を作るおもしろい詩人でした。いまでも英米詩の翻訳がうまい。それから漢詩の翻訳も、富士川英郎とかいろいろ上手な人がいますが、彼の翻訳はおもしろいと思う。英米詩でもつまらない翻訳が多いけれども、この人の手にかかると不思議な魅力を発散するような日本語になっているんです。

この加島がかなり変わり者で、六十歳を過ぎてから自分の詩集を出したんです。たいへんなロマンティストで、こうも手放しでロマンティストだと、ぼくなんか鼻白むところがある。けれども、よき楽天主義みたいなところがあってユニークな人です。

さらに衣更着信について。彼とは初対面はものすごく古い。一九三八年（昭和十三年）に、ぼくが「ル・バル」に入って同人会（当時はパーティと称していた）に出たら、そこに彼がいた。鮎川と同じ頃に出会ったわけです。彼はそのとき明治学院生で、英語が非常によくできた人です。後年、故郷の香川で高校の英語の先生をやっています。非常に地味な人です。彼にいわせると、ぼくや田村が制服姿で何か話していると、まるで雀がピーチクパーチクしゃべっているみたいだったという。ぼくらは子どもに見えたんでしょう。その時分の衣更着信は、「ル・バル」ではモダニストとして、それはそれでソツのない詩を書いていました。けれども、ぼくにはあまり記憶にないんです。なんといっても戦後に、年刊『荒地詩集』に載った詩に彼の特色が出ている。衣更着信の詩はイギリスやアメリカの詩のエッセンスを咀嚼した詩というか。つまり別のことばでいえば、日本には見当たらなかったような詩の行を並べる詩人だと思いました。彼は、ぼくのことを子どものときから「北村っていうのはテクニックがすごい」といっているのだけれども、ぼくには全然分からない。年のわりにというのなら分かるけれども。ぼくにいわせると衣更着信の詩というのは、日本の詩壇では分かりにくい標本のような種類の詩といえます。

同じ意味では野田理一という人もそうです。二人とも、関西在住で東京なんかには出てこない。けれども詩壇から遠く離れて詩を書いてきたこの二人のすごさというのは、なかなか一般には分かりにくい。詩を少し読みなれた人なら、その詩のすごさは一読して分かる。不当にも顧みられていないけれども、本当にすてきな詩です。

＊

最後に吉本隆明について。吉本は「荒地」新人賞を五四年版でとっています。初めての新人賞公募で百二十人の応募者がいた。鮎川と中桐とぼくが選考にあたって、百二十人のうちから三十人残したんです。そのなかに中江俊夫とか大野純、嶋岡晨、吉本隆明、那珂太郎、平光善久、鈴木喜緑というような人たちが残って、そのなかから中江俊夫、鈴木喜緑、吉本隆明が入った。吉本隆明が応募してきたのは「火の秋の物語」でした。ぼくはそれを見てびっくりしました、これはちょっと凄味のある詩だと。鮎川も一読して、これは、と思ったという。ぼくのそのときの詩的感性からいったら中江君が一番ピンとくるものがあったと思うんです。中江は中江でいいのだけれども、吉本にはびっくりした。強い激しさと、独特の個性がはっきり出ていて、推薦したわけです。それで吉本から詩集をもらってすごくいい詩集だと返事を出したとき、ぼくはとんでもないことを書いてしまったんです。「マルクス主義というのはぼくは感心しません」と。それはちょっとおかしな話だけれど、とにかく非常に驚かされた詩集でした。その後「荒地」のパーティなどでも会いましたが、あまりしゃべらないで、ニコニコ笑っている人のように見えました。

たぶん昭和三十二年から三十三年のあいだのことだったと思う。鮎川と吉本とぼくとで渋谷の喫茶店で会ったことがあります。そのときに鮎川と吉本は何の話をしているかというと、姦通の話をしている。それで「ぼくは二度、姦通しそこなって殺されそうになった」「ぼくは一回半です」なんて話している。どうして一回半なのか、また誰がどっちだか分からないけれども、ぼくはそれを信じましたが。

一九五四年（昭和二十九年）、ぼくは人を介してお見合いをして再婚したんです。その翌年の五五年版『荒地詩集』にぼくは、「われらの心の駅」という詩劇を書いています。『荒地詩集』は五八年まで続くのですが、ぼくはこの詩劇を最後に書かなくなってしまったんです。この頃は詩作に不熱心でした。不熱心だった理由は、格別に何とはいえるようなものはない。

黒田はよく詩集を出したけれども、五五年、鮎川が初めて詩集を出した。村野四郎が「『荒地』の連中は金魚の糞みたいに寄り合っているだけで、詩集を一冊も出さないじゃないか」といった記憶がありますが、この詩集にぼくが解説を書いています。またこの年に「櫂」の連中が詩壇で活発に動きはじめて、大岡信が『現代詩試論』を出している。その翌年の一九五六年（昭和三十一年）には田村隆一が第一詩集『四千の日と夜』という衝撃的な詩集を出したんです。この前年に安西均も第一詩集『花の店』を出しています。ぼくは一九五一年（昭和二十六年）に朝日新聞の校閲部に入っていたんですが、すでに安西は学芸部の颯爽とした記者でした。同じ新聞社ということで、『花の店』の出版記念会の発起人をやってくれといわれて、それで出て多少しゃべったけれど、そのときも詩壇とまったく没交渉というか、知り合いもいない。その時分、まったく詩作に不熱心で、自分の詩の初出の記録なんかを見ると、この頃はほとんど書いていない。年に一、二篇でした。だからそのときも、どうして自分がこんなところでしゃべっているのか、疑問をもったわけです。それほどにも詩に対して関心がなかったんです。ぼくは一生衰弱詩人じゃないかと、若い頃に書いたことがあるけれども、自分の詩をつくづく振り返ってみると、どうもひとえに衰弱している。衰弱そのものが詩の形だというような詩しか書いていないような気がしました。

もうひとつ、これは言い訳にもならないのを百も承知でいうと、自分には大事件だったことが終わって、家庭人となったということ。生まれた子どももかわいかった。それで仕事もあった。校閲部は恰好をつけて内勤記者というが、実態は記者ではなく、エディターの一部にすぎない。出版界でよくいわれるように、「校閲を三年やるとインポテンツになる」と。そこに、すでに七、八年もいる。とにかく労働密度が非常にきつい職場で、早番、中番、遅番とホステスみたいに出勤時間がいろいろ違っていて、さらに四十何種類の単位の勤務に分かれていて、本紙だとか地方版だとか特集面とかラジオとかスポーツとか、あらゆる字を直さなければいけない。慣れてはきたけれども、万事受身で一年に数回は鬱的になるような仕事だからしょうがない。けれども、新聞社のなかでは一般の会社員に近い仕事場だったんで、ぼくには向いていました。ぼくは自分ではライターとしては絶対に不向きだという気がしたから、いいところだったけれども、だんだんひっこみ思案になっていったんです。それで五五年版にやっと詩劇をひとつ書いただけ。これは鮎川が非常におもしろがって、「これはおもしろいぞ」といってくれました。ぼくはその後、この詩劇を公開したことがない。おもしろがってくれたのは鮎川だけで、いま自分で読み返しても、それほどおもしろいとも思わない。ちょうどビキニ事件のときで、そういう画一的な世相のなかの一人の寂しい男を書いた詩劇です。それで、それ以後はすっかり書く気もなくなったわけです。

*

『荒地詩集』は五八年版で終刊になっています。終刊になった理由については、吉本隆明は「高度成長にぶつかって云々」といっている。なるほどおもしろい見方だなと思いました。「荒地」的な終戦直後の精神状況と、世の中、社会の存在のありようが違ってきて、「荒地」のグループとして存在理由があやうくなってきた。それはそうだと思う。ぼくはそのなかでも象徴的事件だったと思うのは、田村と黒田と三好と中桐が草野心平さんの「歴程」に同時に入ったことでした。昭和三十、三十一年頃でした。これはちょっとへんだなという気がしたんです。草野心平と「荒地」、草野さんが独裁者でないことは分かっている。けれども「荒地」にいながらそういうところに入るというのはどういうことなんだろうと、なんだか納得できない気がした。その気持ちはいまだにずっともち続けていますけれど。

ぼくの感情の好悪は別にしても、やはり同人たちが個人個人で同時に動き出したこと。それはそれで誰も文句をいえる筋合いではないけれども、やはり「荒地」というグループそのものが弛みはじめて、当然終わるべきときに終わった。それがたまたま吉本が指摘するように高度成長の初めだったのではないか。

「荒地」が終わって、二年後に六〇年安保。新聞社に入って十年目のことだったけれども、新聞、総合雑誌の類が、ほとんど画一的な論調をはっているのがおもしろくなかったんです。

インテリとか大学の先生とか、新聞のほとんど全部、それから総合雑誌のかなりのもの、それらが安保反対、全面講和という論陣をはっていた。その時代、福田恆存のあり方が好きでした。勝手なことをいっているけれども、こっちのほうがよく分かる。それからもっというと、下町のおじさんやおばさんの感じていることとずいぶん違うのではないかと思ったんです。ようするに反米でしかない。日米安保がなくなったらどうなる、全面講和ができなかったらどうなるか、ベストじゃなくてもベターというなら、理性的な意味ではこの道しかないんじゃないか。それに反対というのが非常に不可解でした。ある晩、有楽町の社屋を出たらフレンチデモと称して道いっぱいに広がって、手をつないで練り歩いているのを見て、その頃の大臣と同じで、なんてばかなことをやっている、阿呆だなと思いました。戦争中の体験でジャーナリズムがみんな揃うとやばいぞ、という思いが第一にあったんです。戦争中は「朝日新聞」からなにから全部軍国主義。それとまったく同じで、違う論調の新聞が半分半分あるのなら分かるけれど、こうなるとまずい。それが気にくわない。

六〇年安保から四年、一九六四年（昭和三十九年）に東海道新幹線ができ、東京オリンピックが開かれる。岩戸景気とかいって世間はやたらに景気がよかったわけですが、ぼくは不熱心な詩人にすぎなかった。結局、世の中にあいわたるのを避けているというか。三好や加島らは東洋主義とかにエスケープしたように思うといえるなら、ぼくもやはり一種のエスケープで世の中の動きとあいわたりたくなかったのだと思う。だから本質的には鮎川のような人とは違うのではないか。彼はこの時分を通じて、ずっと孤軍奮闘していました。ところで、おかしなことにこの頃、鮎川の勧誘でゴルフを始めたんです。樺美智子（かんばみちこ）の死んだ前の日か、つぎの日か。こんなときにゴルフをや

っていていいのかな、学生に殴られるんじゃないかなという話をしたのを覚えていま
す。

一九六六年（昭和四十一年）秋、ぼくは初めて詩集を出すことになったんです。な
ぜ出したかというと、思潮社の小田久郎が「『荒地』の人はほとんど詩集を出したけ
れど、あなたは出していないから編集者をさし向けますから出しましょうよ」という。
それはありがとう、ということで、これならどうにか人様に見せられるかという詩を
数えたら、たった二十二篇しかない。総行数は八百ちょっとでした。川西健介という
編集者が面倒をみてくれたんですが、さすがに呆れ返っていった、「これだけですか」
と。といって捨てたのもそんなに多くはないので、もともと数が少ない。戦前、戦中
のモダニズムの詩など載せるわけにいかない。束を出すために困って、なんと一ペー
ジたった七行にしたんですが、それでも百五十ページで収まってしまった。粟津潔さ
んの装丁で、その年の十一月、ちょうど満四十四歳になる少し前に出たわけです。ぼ
くが鮎川の初めての詩集に解説を書いていたこともあって、お返しというわけではな
いけれど、鮎川に解説を書いてもらいました。できあがったものを手にとってみると、
なにかこれで終わりだという感じがまずしました。鮎川に「これができたから、もう
じき死ぬかもしれない」といったら笑われたというか、呆れられたような記憶があり

ます。

第一詩集が四十四歳近くというのは「荒地」のなかで遅いだけではなくて、詩壇全体を考えても戦前でも遅いと思う。それは結局、本質的に詩人としての自覚が著しく未成熟だったことに尽きる。衰弱詩人だといったけれど、若くして衰弱していて、未熟のまま年月がたってしまったということ。よかれあしかれ、いわゆる詩人の枠に入らないへんな詩人じゃないかという気がするんです。

*

第一詩集から六年後、一九七二年（昭和四十七年）に詩集『冬の当直』を出しました。読んでみれば、第一詩集とはたいへんな変わりようだと思う。たとえば「寂として」「暁ふかく」また「春影百韻」など連句もどきの不思議な詩が入っている。これについていえば、戦時中、海軍にいたときの上官に安川定男さんという人がいて、彼がもっていた幸田露伴著『猿蓑抄』（岩波文庫）を借りて読んだら、これがものすごくおもしろかったんです。それで歌仙の魅力にとりつかれて、外出するたびに神保町の古本屋で芭蕉の本を買いまくって、読んでいたわけです。それで、衰弱期にも読み直した。そしてこれを今様にできないかと試みたのが「寂として」と「暁ふかく」という詩でした。ふたつとも三十六行で歌仙の形をとっています。

　それだけでは満足できない。で、もうひとつ「春影百韻」という旧かなづかいで脚韻を踏んだ詩を書いたんです。書くのはおもしろかったけれども、ものすごく評判は悪かった。イメージの飛躍なんかも一種のモダニスト的でおもしろかったと思うんですが。

　連句は、いわば一行一行は意味があるけれど、全体としては意味が通じないという、ユニークな表現形式とでもいうか。ぼくはいまは連句には冷淡だけれども、その当時は非常に衰弱していたから飛びついたのだと思う。たしか「現代詩手帖」の座談会でか、大岡信がそれをとりあげていった、「連句はひとりでやるものじゃない」と。そんなことは初めから承知でやったんですが、書いていて楽しいけれども終わると空虚感に襲われる。空虚感に襲われる詩というのもめずらしいと思った記憶ははっきりあります。その他の詩についても、第一詩集よりもわりと軽いとまではいわないけれども、肩の力が抜けている気がして、自分ではわりと好きな詩集です。表題作の「冬の当直」は、これも不思議な詩というか。校閲部にいると当用漢字、常用漢字のほか、難しい字を使ってはいけないという規則があって、がんじがらめにやさしい言い方をする。そういうことを年中見張っているような職場なんですが、それが不愉快で、へんな漢字をいっぱい使ってやろうと思ったこともあったんです。たとえば「赤鱏（あかえい）」の「えい」という字など知らなかったのに、そういう字を入れたりしたわけです。それはさて、自分としては冒頭に置いた「怒りの構造」という詩は気に入っていたし、最後の「冬の当直」など、こんな詩はいまどき俺くらいしか書けない、評価なんてどうでもいいと、けっこうおもしろがって書いたという満足感はあった詩集でした。

それから四年後、一九七六年（昭和五十一年）に第三詩集『眠りの祈り』を出しています。第一詩集から六年後に第二詩集、そのさらに四年後に第三詩集。そして今度は二年後だと、これからは書けるという感じがしたわけです。ぼくは数字におもしろがるたちなんですが、事実そのとおりになってしまったんです。『眠りの祈り』は薄い詩集で、活字も大きかった。「眠りの祈り」というのは意味ではなくて、音（おと）のよさで決まったんです。「眠り」「祈り」という音が重なっておもしろい。これもあとで読み返せば、二番目の『冬の当直』とそれほど変わっているとも思えない。ただぼくの詩が分からないという人がけっこういるけれども、大岡信も「北村の詩は分かる詩と分からない詩があって、分からない詩はどうも分からない」といっている。そのことにかかわっていえば、たとえば「眠りの祈り」という詩がそうだと思う。自分で書いていても必ずしも鮮明にはなっていない。無意味な字をわざと連ねているようなところがあるんです。第一詩集、第二詩集はそんなに難しい詩はないと思うんですが、この詩集には、自分でもへんな詩だなと思うような詩があった。わけの分からない詩と多少はわけの分かる詩がまざっている。

けれども『眠りの祈り』になって、初めての詩集と違って、詩集作りに対してある距離をもって見えてきたんです。自分で選んだ詩を並べてみると、そんなに変わりばえはしないけれども、本人は楽しんで書いている詩が多かったと思う。

*

一九七六年（昭和五十一年）の十一月、朝日新聞社を退社した。その前の年に校閲部から調査部に移っていたんです。そのちょっと前、一九七四年（昭和四十九年）頃に、一番古手になってしまったこともあってぼくは校閲部長ということになってしまった。ぼくはデスクを長くやったけれど、百人前後の勤務評価をつけるとか、細かい仕事をやっているうえに自分の仕事もしなければならないので、これには参った。で、部長にはなったが、やがてくたびれただろうということで調査部に移ったわけです。切り抜きとか、写真の整理、図書の購入とかをやる部でした。けれども、校閲部もそうだったんですが、かなりの侍が多い部なものだから人間関係が難しい。ぼくはつくづく管理者能力がないと思って、心身ともに本当に参っていたわけです。

参っているところへもってきて、大恋愛をした。初めて恋愛したのは、死んだ女房の一九四二年（昭和十七年）の一件だったわけですから、それから三十四年くらいたっている。そのとき五十四歳でしたが、人間関係もいやになり、恋愛問題を自分の責任でひきおこしてしまったということもあって、衰弱していたのがいよいよ衰弱してしまったんです。そこで会社をやめて、翻訳で食っていこうと考えたわけです。昔、早川書房のミステリーの翻訳をやっていたことがあったし、それまで二十何年間に、小遣い稼ぎにヘミングウェイの短編集とか二、三冊はやっていた。けれども、それ以外はほとんどやっていなかったし、自信もなかったけれども、なんとか伝手をたどっていけば、やめても食えるのではないか。人とのつきあいはほとほと御免だと、一九七六年十一月に退職したわけです。結局、朝日新聞にはちょうど二十五年間厄介になったことになります。

朝日新聞ではいろいろいやなことがあった。たとえば紅衛兵がさかんだった頃に「毛沢東語録」というのがあった。そのとき校閲部に「毛沢東語録」を「毛首席語録」に直せという指令がきたんです。「毛沢東語録」でなぜいけないのだと、非常に不愉快な思いをしたことがある。また紅衛兵が出てきたとき、毛沢東暗殺クーデタに失敗し飛行機で逃亡を図って事故で死んだ林彪の事件、これら一連の出来事がおきたとき、会社のトップの姿勢がおかしいと感じた。当時、加藤周一が論説顧問になっていたのだけれども、校閲部長だったぼくは編集局長に、なぜ加藤周一などを起用しているのかと詰め寄ったら、「あの人はすごく外国語ができるそうだよ」といわれたので、呆れてものもいえずにひっこんでしまった覚えがあります。二十五年間厄介になって、外報部にも社会部にもおもしろい友人がいたし、会社員生活は結構楽しかったけれど、会社の方針は一貫して楽しくないことのほうが多かったですね。

安保のときもそうだったけれど、ベトナム戦争が終わるまでの朝日新聞の論調というのは、一貫してアメリカがおかしいというのが基調になっていたんです。その時分、朝日新聞はとくにそうだったと思うけれど、結局アメリカは撤退したわけで筋は通っているように見えるのだけれど、やはり全体に新聞の論調はあまり感心しなかった。あるとき鮎川に「朝日の編集方針はどういうところで決められるんだ」と聞かれて返事に窮したことがありました。どこで決まるのか本当に分からない。ただ、朝日新聞の社是に「進歩的精神を堅持し」とある。進歩がいいのか悪いのか、進歩などということばも百年くらい前にボードレールが大笑いしたくらいおかしな観念にすぎない。それはしかし、全体からみれば一種の守札、護符みたいな役割があるかもしれないから、それはそれでもいいのだけれども、おしなべて観念的というか、現実を見ないところがあるんです。ぼくなどから見ると、社会部の記者はわりと現実にタッチしている感じがする。なんといっても世間、隣のおじさん、おばさんと近い存在だから。けれども、経済部、政治部、外報部になるとやはり、「進歩的精神を堅持し」という演繹思考でものを考えがちなきらいがあるんです。ただそれをいいとか悪いとかいっても始まらない。そんなことぐらい初めから新聞など読まなくても分かる。新聞というのはもっとリアリストの目で見なければならないのではないかという気がするんです。

朝日をやめるとき、ある日突然、編集局長に「やめる」といったので、彼はびっくりしていました。定年一年前、五十四歳でした。二番目の女房とのあいだに子どもは二人いて、上の女の子は就職して、下の男の子は大学に通っていました。それに恋愛事件がかみさんに発覚したこともあって、家にいて翻訳で食うつもりでいたんです。仕事はカスカス食えるくらいはありましたが、けっして楽な生活ではなかったんです。無理からぬことなんですが、まったく島尾敏雄の『死の棘』です。ちょうどその頃、この本が出たんで読んでいたら、あまりにも似ているのでびっくりしたんですが、かみさんが神経症になってしまったんです。島尾はじつに不思議なことをする人で、なんと奥さんといっしょに精神病院に入ってしまっている。ぼくも自分が悪い、世間的にも道徳的にもたしかに悪いというくらいの常識はあったけれど、気持ちの整理がそんなにはっきりとできるわけではないんで、ただヒステリックなかみさんに困るという、まさに『死の棘』の世界でした。そういう状況で二年間くらいは家にいたけれど、全然落ち着かないんです。気持ちの整理をしようにも、かみさんとの悶着が先にくる。経済生活っていうことを考えると、これでは絶対に仕事ができない。A子さんというのと恋愛したわけだけれども、むこうはむこうで亭主との問題があって悩んでいた。かみさんにはまったく罪はない、被害者です。ぼくはさんざん謝った。それでも駄目なわけで、頭がおかしくなって自殺するとか崩壊するに決まっている。家を出て別々に暮らせば少しは冷めるかもしれない。とにかく家庭を捨てようとしたわけです。離婚も考えたんです。一度壊れたものは絶対に駄目だってかみさんにいった。いくら年をとっていてもきちんと整理したほうがいいといったけれど、かみさんは絶対に反対なんです。彼女は古い道徳に育った、自分が辛抱すればいいというタイプの女性でした。けれども、そのくせまったく辛抱しないどころか、自分のプライドが許さないという。離婚しないのなら、こっちには請求する権利がないから、ぼくが家を出て、送金すれば、つまり家庭内離婚でいくよりしょうがないと思ったわけです。

ぼくは家を出るまえに唯一鮎川に相談したんです。「じつは家を出ようかと思う」

と話したら、鮎川はびっくりして、「なんだかぼくもへんだって思ったけれど、よく相談してくれた」と、彼にしてはめずらしく、興奮とまではいかないけれどかなり顔色を変えて、「そういうことだったら、ぼくはどういうことでも応援するからなんでも相談してくれ」といってくれた。それで鮎川に相談して、二、三日のうちに家を出ると決めて、A子さんと連絡をとって川崎に行ってしまったんです。一九七八年（昭和五十三年）十月のことでした。

＊

一九七六年（昭和五十一年）にそのA子さんに会う前になにかの会やなにかで一、二度会っているんです。五十一年の夏ごろでした。ある日、彼女と会って話していると、亭主とのあいだが全然うまくいっていないという。で、まあ同情もあって「困ったことですね」とかいっているうちに、なんかその人といっしょに話していると気持ちが休まるというか、女の魅力というのは人によって違うわけで、ぼくにとってはいっしょにいて心が休まるということですが、それから数回彼女に会っているうちに、旦那とうまくいっていないことが分かって、こっちもそういう気になってくる。するとかみさんとの気持ちが離れていくわけです。かみさんとは二十年以上もいっしょにいるんだから、普通の夫婦だと思う。それで過ごせばすごせるし、別にそれほど決定的な不満というのもなかったかと思う。けれどもA子さんと話して以降、この人といっしょになる運命なんじゃないかとばかりに、再々会っていたわけです。それは子どものことも考えたし、二十何年いっしょにいてぶちこわすのはどうかと思ったりもしました。けれども、再々会ったりしているうちに自分の気持ちとしては、かみさんよりもA子さんといっしょに暮らすほうにいくのはしょうがないとなったんです。もうかみさんとは気持ちが完全に離れていたということもある。そういうことで、会社をやめてから、半年間くらいは再建しようとも思ったけれど、これはもう駄目だということが分かった。家にいて仕事ができる状態ではないし、かといって仕事をしなければ食えないんですから、新しく自分の生活を変えて仕事をやるしかないと考えたわけです。子どもはかわいそうだったけれど。いまでも子どもには悪いと思っている。ただそう決めたら、元には戻れない。飛ぶよりない。飛ばなかったら、もっとひどい目にあうという気がした。で、さんざん我慢したすえ、二年くらいたってから家を出たわけです。

ぼくは外泊は一度もしていない。それでもかみさんは、ごまかすことは絶対にできないという。鮎川は「北村というのは恋愛の仕方を全然しらねえんじゃないか」といっていたらしい。ぼくは顔にすぐ出ちゃう。さんざん嘘もついたけれど、すぐに見破られる。全然駄目なんです。

子どものことは考えた。かみさんに対しても気の毒だって思ってはいた。けれど、自分の年、五十六歳だとか、あまり考えないんです。かみさんの実家の人なんかびっくりしたわけだけれども、ぼくはそんな意識はあまりないが、世間的にいえばまあまあ模範的な亭主だったらしい。ただ、そういうものを一切捨ててもということが世の中に一度くらいあってもいい。そんな年くって、たしかに世間的にもおかしい。けれど、一度こっちの岸から跳躍して向こうに行く。五十何年おとなしく生きていた男だけれども、そういうことがあっても構わないんじゃないかという気持ちがあったんです。思ったらそうやるよりしょうがない。

「荒地」は変人ばかりで、黒田とか田村とか中桐などは一種狂気の兆候があった。こういうのが立派な詩人なのかもしれないが、ぼくはともかく一番平凡な、常識の範囲の男だと確信していたんです。けれども五十六歳で家を出ざるをえないと決断をしたときには、ぼくにも狂気の兆候があるのかもしれないという気はした。けれどもやはり、これはやむをえなかったことで、狂気でもなんでもないと思う。しかし、他人が見れば「いい年してなんだ、あたまが狂っている」と思えたかもしれない。実際、会社をやめて家を出るまでは、気が狂ったほうがいいと思うこともあった。数えきれないほど、気が狂ってどこかおかしくなってしまったほうがよほど楽だっていう気がした。

A子さんがなぜいいか。別に性的な魅力があるというわけではないんです。女としての魅力は多少はあったけれど、やはり気分が合う、いっしょにいて心が和むということが、当時はあったんです。傍らにいれば気持ちが休まる。かなり独特な女性で、別に学問があるわけでもないけれど、勘のいい人。過去に二度結婚しているし、男というものも見ているので、男女関係についても、ぼくより上手かもしれない。それは別としても、とにかく気持ちが休まる。

家を出てまず川崎で隠遁生活をした。A子さんは家事がまるで下手なんじゃないかと思ったけれど、テキパキしていて、家庭のかみさんとしては驚くほどなんです。料理が早くてしかもうまいという不思議な女がいるもんだと思った。けれども世間からはそうは見えないらしくて、すごく誤解を受ける。ある程度、いいにくいこともずばずばいうから第一印象がよくないんじゃないかと思うんですが、実際は異常なほどに率直なだけなんです。そこが魅力なんです。いっしょにいるとだんだん客観的になって、人間誰しもそうだけれども、誤解を受けてもしょうがないくらい自己陶酔のすごい人だというふうには思うんですが。

＊

一番の被害者はかみさんでしょう。再建できるなら再建したほうがいいというに決まっている。けれど、再建できなかったら、またその場所から考え直さなければいけない。それは家を出る半年くらい前からひじょうに確固としてありました。ぼくはそういうところで最後の決断をしたわけですが、家を出る一年も二年も前から状況を見ていて、そういう見通しというか、冷静といえば冷静でした。

家を出たときはまったく身ひとつで、A子さんのほうもかなり破滅的になって、時期が合って出たわけです。金は百万円くらいもったでしょうか、でも家には数百万円残して出たわけです。その頃角川書店の中途にしてあった翻訳があっただけで、六、七十万円しか入る見通しがなかったんです。年金ももらっていない時期だし、先行きが不安でした。彼女もいくらかもって出たので、お互いにやりくりした。食うために翻訳をやって、なんとか二人でやっていけるかという感じでした。川崎の家は六畳、三畳、隣が大家さんの家で、後ろに竹藪。そこによく鮎川とか若い友人が遊びに来ました。

　そこにいたのは短い間でした。一九七八年（昭和五十三年）十月に移って、翌年の夏までしかいなかった。というのはものすごい暑い家で、なかなか住み心地はいいんだけれど、とにかく夏暑い。ぼくはいいんですけれど、A子さんは驚異的に暑さに弱い人だった。それでそこから歩いて十五分くらいのところに、駅の傍に一軒、わりと広い家を捜し当てた。その家に夏に越して、三カ月くらい暮れまでいたんです。川崎のそのふたつの家で、結局一年ちょっといたことになる。そしてその年の暮れ、逗子に移ったんです。それも複雑で、A子さんの元の夫が別の女性とできて小金井に住むことになったんです。むろんA子さんとは別れてはいないで、「俺は家を出るけれど、鎌倉の家は俺たちの家なんだから管理してくれ」という。女は家を大事にする。そんなんで鎌倉の家とほど遠くない逗子に十畳の一間を借りて住んだわけです。大家さんがおばあさんで、気に入った。けれども、あくる年の一九八〇年（昭和五十五年）になったら、管理だけでは駄目だというんで、A子さんが家に戻るといいだしたんです。結構です、帰ってくださいっていうことで、ぼくはおばあさんの家にとどまって、ときどき鎌倉からA子さんが来たりしていたんです。そのうちに面倒だから鎌倉に来ないかとなって、ぼくも逗子を引き揚げて、鎌倉の家の部屋を借りることにしたわけです。

その後もいろんな事件がおきて、A子さんの元の亭主が鎌倉に戻るといいだした。A子さんもひきうけざるをえないで、そうなるとぼくはまったくはじきだされる。ショックでしたけれど、とにかく元の旦那に会うのはいやだ。で、ぼくの友人の若い夫妻が鎌倉の小町にいたから、小町へ移ることにしたんです。その間に元亭主とA子さんがよりを戻して、家のすぐそばに六畳、一畳半の風呂つきの洒落たアパートが空いているんだけれども、旦那も「北村、来いよ」っていうんで、またすぐに越しちゃったんです。とにかくぼくがはじきだされているわけです。A子さんの気持ちはよく分かる。不思議じゃない。別にけしからんとも思わなかった。元亭主と三角関係でいるという。いいときはいいんです。元恋人ということで一向にかまわない。けれども、やはり三人いっしょという不自然さはどうしようもない。それで小綺麗で家賃も四万五千円と安くてなかなかいいところだったけれども、元亭主が百メートルも離れていないところにいるというのはどうもということで、加島に、「精神的に参ってしまったから、いいところ探してくれよ」と頼んだら、横浜は中区大芝台の六畳と三畳二間のアパートを見つけてきてくれたんです。隣が墓場で、十秒もかからないところに銭湯があって、三、四分歩くと下町ふうの商店街がある。一目で気に入ったんです。三年くらいのあいだに都合六回越したことになるんですが、そこには一番長くいた。A

子さんも気の毒がってちょくちょく来てくれました。いろいろ経済的な援助もしてくれたのには感謝しています。

ぼくとしては独身時代から何十年ぶりにひとり暮らしになって、経済的には本当に参ったんですけれど、楽しかった。その当時、借金をやたらにしてまわった。そんなある日、正津勉という男から電話がかかってきて、「近頃何している」って尋ねる。「借金返しのために仕事やっている」っていったら、「借金返す？　借金というのは返さないから借金っていうんでね、返す借金なんて聞いたことない」っていうへんなロジックで迫られたこともあった。一番ひどかったのは、銀行預金の残高が五百円になってしまって、さすがに慌てて、アパートのガス代なども引き落とせないから、貸しのあった出版社に電話して十何万円かすぐ入れてくれと頼んだりした。残金二、三万円などというのは、いつものことでした。

かみさんに「あなたなんか結婚する値打ちない」といわれたけれど、ひとり暮らしをして、本当にそうだなと思った。ぼくは家庭人というのは全然似合わない。こういう男が結婚するっていうのがおかしい。気がつくのが遅いと思った。ひとり暮らしというのはじつに快適で、ひとりでいるありがたさっていうのを身に染みて感じた。けれどもどん底生活そのもので、窓をあけると墓場という環境だった。それで、金はないけれど若い連中と友達になったり、誰にもわずらわされなくて、楽しかった。その時分、鮎川が本当は結婚していたくせに、シングルライフのよさということを書いていたけれど、シングルライフっていいなという気がしていました。

大芝台には下町的な商店街があって、十五分も歩くと根岸の競馬場がありました。若い連中が「北村さんのそのずた袋、いい加減変えれば」というくらい、いまにも穴があきそうな袋に葱とか大根を入れてかついで歩いたりした。それでまた、たまった新聞にひもを十字にかけるのがものすごくうまくなったりして。チリ紙交換のおじさんに「旦那、プロですね、この結びかたは。何かやっていたんですか」っていわれたくらい。

とにかくそこらのおじさんやおばさんと仲よくなって、ぼくが商店街を歩くとあっちからもこっちからもみんな、「こんちは」と声がかかる。それでいて夜はものすごく静かで、ちょっと行くと牧場まであって、牛がモーッと啼く。抜群の環境で非常に気分がいい六年間でした。

＊

ここでもう一度、どうして鎌倉を出たかというと、こういうことがあったんです。

鎌倉でぼくは朝と昼くらいは自分で作って食べていたけれど、へんな話ですが旧知の仲のよしみで、A子さんの元亭主が「それならうちに来て食えや」っていう。その人は酒が好きで、ぼくはほんの少ししか呑めないので、世間一般の話をしている。けれど、なんかの拍子でちょっと意見がくい違うと興奮してしまう。一番かわいそうだったのは、口論なんかをすると、A子さんがオロオロしちゃう。自分の戸籍上の亭主と恋人といっしょに飯食っていて二人が喧嘩するというんだから、身のおきどころもない。そんなこともあってA子さんがちょっと精神に異常をきたしたんです。それでぼくは精神病院に連れていった。そんなにひどいことはなかったけれど、ときには入院させることもあった。ぼくの立場も不可解なものだったけれど、A子さんの亭主っていうのは酒呑みで、普段はわりと正常なんですけれど、呑むとわけがわからなくなって、A子さんをいじめる。そんなことでまたおかしくなって、やはり越したほうがいいとなった。越したあともぼくは何度も病院に見舞いに行ったけれど、入院のときには亭主の許可が必要だっていうのに、元亭主は見舞いにもこないっていう。横浜から鎌倉まで行って、そこからバスに乗って山の上にある病院に見舞いに行く。けれど、そんなに病気は重くない。どうしてそれが分かったかというと、精神病院の中の情景をこと細かにおもしろく話してくれるんです。精神がおかしかったら、そんなことできっこない。たいしたことはないと思ったわけです。だいぶよくはなったけれど、いまだにその病院には通っている。

よく考えてみれば、グロテスクな話だ。亭主は被害者だっていうことを声高にいうけれど、たしかにぼくのほうが悪い。A子さんがそうなったについてもぼくのほうに責任がある。考えるといやになったりして。そのときの日記にも書いたけれど、「ぼくはひょっとしたらいろいろな人を駄目にする星に生まれているのかもしれない」という気もして、本当に参った。

一九八六年（昭和六十一年）十月、鮎川が急死したんですが、その少し前にA子さんが自殺未遂をやったんです。いつだったか、彼女とこういいあったことがある。「わたし死ぬなら横須賀線に飛び込んで死ぬから」「冗談いうな。世間知らずだから呑気なこというけれど、死体はきたねえし、横須賀線が止まったら国鉄が損害賠償で関係者に何千万円という賠償金を請求するから、そんなくだらないことやめろ」と。ところで、ある日、夜の十二時前後に「わたし、今日死にます」って電話がかかってきて、プツッと切れた。ぼくは面倒だからいいやなんて思いもしたんだけれど、これは本気だ、横須賀線に飛び込むんだと分かったから、駅に電話して横須賀線の最終電車の時間を聞いたら、あと三十分くらいしかない。これは大変だと、横浜駅までタクシーで行って、助役にこれこれの女の人が自殺するといっているから救けてくれとかけ合った。彼女は自殺する場所もいっていた、逗子の名越というところが一番いいと。最終電車なら人に迷惑かからないと思っている。そうするうちに、捕まえましたという連絡があったんです。睡眠薬でフラフラになって飛び込む寸前、とっつかまえた。運転手も徐行してくれたらしい。そのとき彼女はみんなに手紙を書き残している。「わたしは死にます」と。十分まちがったら駄目だったにちがいない。

＊

恋愛事件のことはこのへんにして、ここで詩の話に戻ろう。せんだって思潮社で著作集を出してもらったけれど、見てみたら、一九七八年（昭和五十三年）からあとに出した詩集が七、八冊もある。いろいろ私的な事件があってからの詩が三分の二以上を占めていることになる。少なくともこういう試練を招いた経験がなければ、もっと呑気な詩を書いていたんじゃないかと思います。あるいは途中で詩作をやめたんじゃないかと思います。省みるに、ぼくはおかしな詩人であって、それまでも何回か詩をやめたい、気違いの仲間になるのはいやだって思ったりしたんですが、結局気違いの仲間に入ったから、詩を書きつづきえたのだと思うんです。著作集の栞（しお）りで正津勉が北村太郎は「縁辺の詩人」であるといったのはまさにそのとおりで、我ながらおかしな、オーソドックスな詩人ではないという気が強くします。それにしても本来は怠け者で、第一詩集でろくに詩の数もなくて苦労したのに、省みれば、昭和五十三年以降は書いたという気がするんです。けれどもそれは量の問題であって、質の点ではいろいろ問題もあるかもしれませんが。

とにかくたとえば田村とか鮎川と比べると、ぼくはやはり正統な詩人ではないような気がします。中桐にしても全詩集を読み返してみるとすごい詩人だと思うし、彼はぼくにとって詩の先生という気がします。

もともとぼくは「センチメンタル・ジャーニー」と題につけるくらいだから、そのようなタイプの詩を書いているけれども、感情的と感傷的とでは日本語としてずいぶん違うと思うんです。センチメンタリストというのは感覚的な人間であるということです。それでいえば、老年の入り口に入って、感覚なんてものが新鮮になりようもないのだけれども、自分としては若い人とつきあってもおもしろいし、街を歩いていても我ながらおもしろい感覚で街を見ているなという気もしたんです。昔のモダニストの痕跡も残っているのでしょう。どうにも感覚的な詩が多いんです。ただ感覚に溺れると、自己陶酔になり、他人が読めば必然的におしつけがましいということになる。

そういう自覚があったから抑えたつもりだけれども、たとえば詩集『犬の時代』(一九八三年)などを読むと、抑えがまだ緩いんじゃないかという気がするんです。また、その前に出した詩集『悪の花』(一九八一年)については、たまたま三角関係でゴタゴタしていたときの揺れ動く気持ちがわりとよく書けていると自分では思っているんです。けれども、やはりセンチメンタルすぎるところがある。

それで一番最近の詩については、ひと言でいえばもっと軽く書いてもいい、俗語的なスタイルで書いてもおもしろいんじゃないかと考えているんです。それは求めて得られるものではないわけですが、北村のような厭世的な詩を書いていたやつにしては白けた詩を書いているといわれるのも悪くない。年をとって病気になったこともあって、どうしても〝デス〟の死のほうが気になる。ですから決して軽くもないが、スタイルとしてはちょっと軽佻浮薄に流れても構わないというか。センチメンタルのセンチメントを抑えて、しかも自分の感覚で書けたらという気がするんです。

*

いままで刊行した詩集は十一冊になります。十一というのは好きな数字じゃないし、十二にしたい。十二冊目の詩集用に三十篇くらいたまったんですが、読みかえしてみると、とても詩集にはおさめられないものばかりなんです。たまたま病気になったからいうのではないけれど、もうそろそろ店仕舞いをする詩集を用意したい。そんなに恰好をつけたいとは思わない、パッと切れて終わったっていっこうに構わないけれども、もう一冊くらい詩集が出るといいと。

ぼくの詩のなかに五、六篇だけれど、恋人へのメッセージを組み込んだ詩があるんです。たとえば原稿用紙の上から五番目の斜め左にずっと下っていくと「なにこチャン、ぼくは君を愛しているよ」なんて書いてある。いわば暗号の詩というか。そんないろいろな詩の書き方を楽しんでいる。『笑いの成功』（一九八六年）なんかでもそういうことをしているんです。一番初めは、単純にやったらすぐに見破られた。やばいと思って、斜線で下がって斜線で上ってというように、それにあてはまるように詩を書くとか。これはおもしろいですよ。やってみる値打ちがある。

それはさて、十五歳のときから書きはじめたから五十年たってしまった。再三再四いっているように昭和五十三年以後に書いた詩が多いという始末で、あまり詩壇とのつきあいもなければ、出版記念会などほとんど出ていない。だいたい敬して遠ざける。詩人は酔っぱらいの田村と中桐と黒田だけでたくさんだ。似たようなもんだから、遠ざけるようにしてきた。ただ、若い人たちとかなりつきあいをしてきた。考えてみると、ぼくはそれほど寄り添って詩を見てきたという感じはしない。自らそういう態度をとってきたと思うけれども、距離をおいて見てきた。それでもずいぶん詩は変わったという考えと、逆に全然変わっていないという面があると思うんです。

たとえば田村のレトリックというのは、ひょっとしたら正津勉に通じているのではないか、よく見ると変わっていないんじゃないかっていう気もする。長いレンジで見ると、もっと変わってもいいのではないかという気もするんですけれども。たとえば鈴木志郎康の『罐製同棲又は陥穽への逃走』という詩集、これは一種の革命的な詩集だったと思う。ぼくはそのことを書いたことがあるんですけれども、だがある意味で非常に健全な詩集だと。ただ、いままでなかったものが出たという意味では革命的に見えるけれども。たとえば戦前、永田助太郎という人がいた。彼なども革命的な詩人で、激しい詩を書いている。そういうのに比べると、それほど変わりばえしないんじゃないかと思う。むろん昔のことですから検閲があったから、性的な用語は使っていない。けれども鈴木志郎康の性的な用語は清潔そのもので、破壊に見えるけれども、根はそれほど規格をはずれたものではない。そういう意味で変わったのはこの七、八年じゃないかという気がする。吉本隆明がいうマスイメージではないけれど、言語空間という言い方がありますが、オーディオヴィジュアルの時代になったということと大いに関係ある。少なくともぼくが詩を書きはじめた頃は、詩の世界に一種のコンセンサス、あるいはオーソリティがあったと思う。それは戦後もじつに性懲りもなく続いてあった。それが七、八年前から崩れたという気もする。しかし根底から崩れたかというとこれも疑問で、マス社会、オーディオヴィジュアル社会に変わったことは認める。それならばいまは詩は瓦礫の時代なのかというと、そうともいえない。もっと壊すなら徹底的に壊れてしまったほうがいいんじゃないかと思うこともあるんです。たしかに瓦礫は大袈裟だけれども、そこまではまだいっていない。

詩というのはどんなマス状況になっても一人一人に向かう。詩は一種の直撃力ですから、受け取る人がいるか、いないかということです。詩というものはわずかな人に向けるメッセージであるわけです。同時に、やはり一般大衆、マスに向けられている。そういう矛盾した二面性をもっているのが詩です。すべて絵画も音楽もそうですが、ことさら詩というのはその二面性がおもしろい現れ方をする芸術ではないかと思う。ポップなものであると同時に、やはりパウル・ツェランではないけれども、壜の中のメッセージで、どこに流れつくかわからないという面もある。

*

一九八六年（昭和六十一年）十月、鮎川が急死した。十月十八日に亡くなって、あくる日に甥ごさんから電話がかかってきて、仰天してどうしようもないくらいに慌てふためいた。彼は死ぬ二、三カ月前だったと思いますが、前に「現代詩手帖」のインタヴューの写真撮りで赤坂かどこかの坂の上にあるスタジオで撮影が終わって、別の所に行くので坂を駆けた、駆けたら止まらなくなってしまったというんです。見たら前の通りに自動車がビュウビュウ走っていて、そのまま駆け下ったら自動車にぶつかる。これはえらいことになると、急ブレーキをかける感じで踏み堪え、すっころがってやっと止まった。電話でその話を聞いたときに、だいぶ太ったというのだけれど、止まらないなんて困るから体に気をつけたほうがいいんじゃないのといった。それが死ぬ一カ月くらい前だったか。

それが突然の死去の報せです。何しろ十五、六歳の頃からのつきあいで、なにくれとなく忠告をしてくれ、世の中というものの見方について彼から学んだことは限りないくらいでした。それについていえば、三浦雅士が「鮎川は常に多勢がよしとすることに異をとなえる少数者の立場をとる」というような言い方をしていますが、これはちょっと違うんじゃないかと思う。たしかに鮎川はある意味でストイックで筋が通っているから、そういえるかもしれない。けれども、むしろ彼がこうあらねばならないということがごく少数派に属したということであって、三浦の見方はちょっと図式的じゃないかと思うんです。年とっても柔軟性という点では全然変わらなかった。なにしろ人柄が優しい。ときにはものすごくきびしくいうこともあって辟易したこともあるけれど、アドバイスにしてもなるほどというものが多かった。一カ月に二度くらいは、ひとり暮らしをしているぼくに電話をしてくれた。心配してかけてくれたんだろうけれど、A子さんとのことで多少加担したと思っていたんじゃないかと思う。ぼくは呑気に思っているけれども、彼にしてみればひとり暮らしはかわいそうで、それについては多少の責任があるということもあって電話をかけてくれたような気がするんです。彼のほうはどう思っているかしらないけれど、一生の友人ですから、彼の死には徹底的に参ってしまい、これはもう終わりだというほど打ちのめされてしまった。十月十八日に亡くなって、十九日に骨を拾った。最後に火葬場の人に「お別れです」と促されたんですが、見られるのはお断りだというのを知っていたから死顔はあえて見ませんでした。そのお葬式でひとりの婦人が激情をこらえながらお別れをしている。よく知っている人なんで、ぼくはそのとき閃いてアッと思った。鮎川は一九五八年（昭和三十三年）に結婚して入籍しているんです。ところが彼は、そのことをいっさい誰にも話していない。けれど、身のまわりの人は知っていたんです。ぼくは彼の姪に「どうして結婚したことを知らせてくださらなかったんですか」と尋ねたら、「わけもないことなかったけれど、隠す気なんか全然なかった」という。もし鮎川に「結婚しているのか」と聞いたら「しているよ」といったかもしれない。けれども、少なくとも積極的には自分からはいわない。ぼくはこれは鮎川らしいと思ったんですが、そのことで怒った人もいる。ぼくもおかしいけれど、鮎川もやはりおかしいいんじゃないかなっていう気がした。

*

ところで、晩年の鮎川は詩を休筆すると宣言している。じつは一九八〇年（昭和五十五年）に、ぼくと大阪で対談したときに彼が突然いいだしたことでした。ぼくはびっくりしたけれども、そうかもしれないなと思った。晩年の彼の興味は政治にあったことはたしかです。それからあんなに気が合っていた吉本隆明と離別した。ベトナム戦争くらいから、「やはり根本的に日本はおかしい、とくにインテリ、マスコミがおかしい」と激しくいっていたけれど、そういう面が晩年にはとくに強くなったようです。たとえばイエスの箱舟、三浦和義、それから戸塚ヨットスクール事件などへの言及をみても、日本のマスコミに対する徹底的な不信がある。それがあまり強すぎるから、ちょっと行き過ぎじゃないかっていう気もした。彼は常にロジックの限界を知りながらも、ロジックを大切にした。その意味では決して過激でもなんでもなくて、ごく常識的だったのかもしれませんが。譲れないところは絶対に譲らない。ぼくみたいにフラフラした者から見ると、なんとも立派な人だという気持ちがする。ただ六十六歳で死ぬとは本人は思わなかったようで、最後の電話でも「どうもぼくは長生きしそうだ」っていっていた。それにしてももったいないというか、ちょっとことばにしようがない。

晩年の鮎川は吉本隆明との対談で「荒地」にはひとりとしてろくなのがいないといっている。それは、少なくともぼくにはよく分かる。ようするに、ちっとも現実というものを見ないで昔書いた詩をなぞって書いている。目をあけて世の中を見ろ、そして世の中にもう少し反抗してもいいと。詩人というのは常に革新的でなければならない。そういう面で頼りにならない連中だという感想をもっていたと思う。自分のことを考えれば、それもよく分かる。

晩年に彼は、「この先、生きていても何ひとついいことないよな」とよくいっていた。日本の国も、詩の世界もそうです。ぼくはそれほどまでは考えなかったけれど、とにかく長生きしてもいいことはひとつもないだろうというのが彼の口癖だった。長生きしてもいいことはない……。

あとがきにかえて

街をあるき、
地上を遍歴し、いつも渇き、いつも飢え、
いつもどこかの街角でポケットにパンと葡萄酒をさぐりながら、
死者の棲む大いなる境に近づきつつある。

「センチメンタル・ジャーニー」北村太郎

『センチメンタルジャーニー』は、詩人北村太郎の自伝である。だがいまこの「あとがき」を書くべきそのひとはいない。そこでこの本の上梓に関わったひとりとして、本書の執筆の経緯、また構成について、ここに簡単に述べておきたい。あわせてわたしがなぜこれを綴るのかもを。

一九九〇年三月末、まず最初にわたしは、北村太郎から本書についてきいている。その折、詩人はいった。自分は先年来、自伝執筆の約束をしているのだが、病気もあって果たせないでいる。ついてはきみに協力を願いたいのだ、と。それはこういうことだ。本文にもあるように、詩人はこれより三年前ころから悪性血液病（多発性骨髄腫）をわずらっている。恐ろしいことに、この血液のガンはといえば、発病から半年ぐらい、長くても二年もなく死を迎えるという激甚なものだ。これはとても書きえない。ここはわたしを聞き手にして語り下ろし、それに筆を入れることにしたい、と。たいへんな仕事ではある。しかし有無なかった。そこで旬日なく、自伝を企画した草思社の長坂貞徳氏に引き合わされ首尾を話し合うことになる。いま当時の日録をみると、それは四月五日のことで、早速その一週間後、第一回をやっている。場所は詩人の所望で横浜プラザホテル。

作業の手順はこうだ。まずは大まかな章題をもとに、詩人が事前に用意した年譜と備忘にそって、こちらがその項目ごとに尋ねてゆく。自分を語る、困難な事だ。ことに北村太郎のようなシャイな詩人にはそうらしい。テープが回りはじめると、もうすぐにも言いよどむ。こちらの促しにものらない。いきおい長考になる。それを温厚な長坂氏が笑って眺めておられる。

一日におよそ正味四時間ぐらい。調子のいいときは六時間にもおよんだ。これが以後、ほぼ一週おきに計四度、約二十時間。とまれその生いたちから六十七歳の現在まで、速記原稿にして四百枚（四百字）をあげている。なにしろ病気のことがある。それがしかし詩人はガンバッた。

じゅうぶんに語り切った。これからこれをもとに心ゆくまで書き下ろしていただこうとあいなった。ところがである。それからまた先が見えなくなる。じつはなんとも長い話になるのである。

このとき詩人は二週間〜四週間に一度、鎌倉の居宅から港区の虎の門病院に通院している。それでその帰途に神保町にある〝Ada Eve〟という喫茶店に寄ることにしていた。わたしたち若い詩人や編集者と語らうのである。ここに長坂氏がその二度に一回の割合で原稿取りにあらわれる。これがなかなか筆が進んでくれない。はじめはそれでも申しわけなさそうに「これだけ、ほんのツマミ」と渡したりしていた。いまおもえばやはり身体がいうことをきかなかったのだろう。

日録をみる。「八月一日、太郎氏自伝稿ペラ20枚やっと、長坂氏苦笑しきり」とある。これが最初の原稿である。それから足かけ三年、十幾度も、長坂氏は原稿取りにみえ、そのつど苦笑することになるのである。なんとこの時間にものした原稿はぴったり百枚というのだ。それにしても長坂氏はどこまでも心優しかった……。

それがいったいそんな事態があっていいのか。九二年八月のある朝、わたしは詩人の電話で突然、長坂氏の死をつげられるのだ。喉頭ガンだという。おもわしくないとは知らされていた。このほんの少しまえ、ちょいと入院をするからと本人からきいたばかりだ。

いつもニコニコと笑っている、限りなく優しい長坂貞徳はふいと召されて逝ってしまった……。九月初めの暑い朝、北村太郎とわたしは渋谷駅からほど遠くない長泉寺で死者を悼んだ。

さらに胸を塞ぐことがつづく。長坂氏の告別式から一カ月経った十月七日、この日検査をすると数値最悪とのことで、詩人は即入院となっている。このときばかりは不吉なものがあった。ところが、一週間後、病院へ駆けつけると、さすがにやつれはしているものの今度もてば二年ぐらい大丈夫なんだって「困っちゃうヨ」なんて鼻を吹くようにしている。そしてこのときいっているのだ。かくなる上は是が非でも、しまいまでやっつけないと、長坂くんの霊にむくいるためにもさ、と。しかし詮ないか。

ついにそのときはやってきた。

十月二十六日、午後二時二十五分、北村太郎はしずかに息をひきとった。死因は腎不全。

享年六十九歳。


詩人の死……。これをもってとうとうこの自伝は未完のものとなった。編集者はとっくにさり、著者もまたいない。わたしはひとりこの本の運命を嘆くしかほかなかった。これでこれはもう陽の目をみることはない。どうしようもない虚脱感のようなものだけがあった。そのときに草思社社長加瀬昌男氏から突然電話を受けた。北村太郎さんの自伝はいかがなっているのか、と。わたしは手もとにある百枚の自筆稿と四百枚の速記稿におよんだ。加瀬氏はいった。じゅうぶんです、本にしましょう……。

ほんとうに本になるのか。わたしは早速、遺族、関係者に了解をとった。その折、わたしは故人の書斎で「自伝」と表書きされた事務用封筒をみつけている。みるとペラでちょうど二十枚の原稿がはいっている。すなわち第一部（自筆稿）七十九ページ九行目の引用詩「非望のきはみ／非望のいのち」から八十三ページ終行までである。絶筆である。おそらくこれにさきの入院の前夜までもかかっていたのだろう。わたしはその文字のかすれ具合をみて言葉をなくした。

これはぜったい本にしなければ。ときに加瀬氏は遅くとも九三年四月刊行をいった。それがしかしよくよく遅延を運命づけられているのだろう。ここからがまたこちらの怠け癖のせいで第二部（速記稿）の整理が延びのびになる。それで遅れにおくれてやっと本のかたちをとるようになった事のしまつ。

ところでさいごにいっておかなければならない。わたしはここでほとんど詩人の語った通りそのまま、わずかに重複、誤記などを正すにとどめたことを。

北村太郎。生涯ひたすらに感覚を繊細にしつづけ言葉を厳密にしてきた詩人。かれはじつに正確にじしんを回想したのである。合掌。（一九九三年九月）

北村太郎　長坂貞徳の霊に——

正津勉

愉快犯太郎　文庫版あとがきにかえて

長らく絶版だった本書が文庫化される。ようやく広く読者の目にふれる。このことは編集に携わった者として率直に喜ばしくある。詩人は、ごらんのようにこの本の中でじゅうぶんに書き話しきっています。いまここにあらためて付け加えることはありません。

北村太郎の詩は戦後詩史の一到達点を示す。いまやその評価は画然としている。というようなそんな狭ぐ難しげな現代詩などの話は止しとすることにして。一つだけに留めます。まずはここに掲げる詩「冬を追う雨」をごらんあれ。

雨のあくる日カワヤナギの穂が
土に一つのこらず落ちていた

はじめは踏んだら血（青い？）の出る毛虫かと思った
かたまって死んでる闇の精
ヤナギは不吉な植物なんていうけれど
たしかに繋ったおおきなシダレヤナギは
髪ふり乱して薄きみわるい
カワヤナギは穂をつけて
冬のあいだは暖かそうでかわいい
春になると黄色い細かな花で穂がおおわれ
近くに寄って観察すると
その一つ一つは大層かれんだが
少し離れて見るとややわいせつで
この変形は自然の悪い冗談みたいだ
ゆうべの雨はひどい音だった
冬を追っぱらうひびきを枕にきいた
そしてけさふとカワヤナギの毛虫を見てもう桜が近いと思った

これをどう読まれますか。春も浅い頃に、淡い光に輝く、カワヤナギ。吹き荒れた春霖（しゅんりん）が止んだ朝。詩人は、散り敷く穂に思う。「踏んだら血（青い？）の出る毛虫」。どうだろう、あの形状、あの触覚、よくわかる。でもって「その一つ一つは大層かれんだが」としていう。「少し離れて見るとややわいせつで／この変形は自然の悪い冗談みたいだ」。なるほど、いわれてみれば頷けなくはない、なっとく。それはさて嬉しいばかり。「カワヤナギの毛虫を見てもう桜が近いと思った」。これは春の訪れを寿ぐ詩だろう、と。そのように読まれるのでは。

それでよくはある、だがそれだけでは、じゅうぶんでない。ついては本文一八六ページにこんな一節があります。「ぼくの詩のなかに五、六篇だけれど、恋人へのメッセージを組み込んだ詩があるんです。たとえば原稿用紙の上から五番目の斜め左にずっと下がっていくと『なにこチャン、ぼくは君を愛しているよ』なんて書いてある」

このことに関わってです。じつはこの発言を読んで俄然発奮、探索開始した奇特な人がおいでです。北村太郎マニアの宮野一世さんです（以下、氏の論考「暗号」、『北村太郎を探して』北冬舎所収を参照）。

こんなふうに辿ってみてください。一行目七字目「カ」、二行目八字目「ず」、以下行毎に斜め下に「血」「闇」「ん」、つまり「かずちゃん」となる。でその次行から斜め上がりに「き」「み」「を」「暖」、で下に「い」「す」、つなげば「きみをあいす」ですね。そのあとは「かわいいひと」とつづく。アクロスティック（折句）なるオアソビポエムです。「かずちゃん　きみをあいす　かわいいひと」。なんていうゴチソウサマであります。

叙景、その裏がわに、そっと秘めた、恋情。万葉古今の大昔からこのかた、日本詩歌の伝統でありました。だから奇矯（ききょう）ではありません、むしろ正嫡（せいちゃく）でこそあります。詩人は、戦中、海軍の通信隊で暗号解読を服務。だからこれぐらいの組み込み暗号作成、いや違った、恋情吐露はお手の物であったのでしょう。それにしてもです。ここでもうブッチャケいってしまいます。これがへんなのです。

本文の「A子さん」。この詩の「かずちゃん」とは誰やら？　田村和子！　ほかでもない、十代は府立三商時代からの親友田村隆一の奥方、なのであります。ちょっとこんがらかった凄いことになっていますね。そうしてことはそれだけで止まらないのであります。つぎにはこの詩「五月の朝」をみられたい。

朝
コップがひかる
水がこぼれる
バターをパンに塗る
コーヒーいい匂い
新聞をつぎつぎに読む　放火！
愉快犯とは　まったくすばらしい単語だ
三方の窓のそとでヒヨドリたちが
あまい声で啼くのもすてきだ
うん開港記念日だな　あさって
ブラスバンドいっぱいの陽を浴びて
塩っからい堤防のマーチを街じゅう轟かすだろう　（以下略）

五月の爽やかな朝の小景です。ですがこれも斜め読みしてください。するとなんと隠されています。こんな暗号がそう。いやはや「あっこを　いつまでも　だいて」だなんて。何なの「あっこ」って誰？　いったいぜんたいどういう難しいことになっているのか。いやほんと太郎氏ときたら、まったく愉快犯でないですか。

まだまだあります。ここでは引きませんが「夢の十五行をはさむ目ざめの詩」という詩があります。そのなかでは「あっこ　すきだよ」とあって、なんともわからない、べつにまた「ちゃこ　あいしているわよ　いつまでも」なんていう、しっちゃかめっちゃか。

北村太郎。じつに自在であって硬直した思考、爺臭げな感懐などとは無縁なこと。ほんとうに面白くあります。とってもお茶目であります。どんなものでしょう。「五、六篇だけれど」とおっしゃいますが、さらにまだもっと多くの詩のなかに暗号がひそかに組み込まれているかも。ついてはそうです。

いいたいのは、ぜひその詩を手に取られたい、ということです。だけどもどうにも詩集は入手しがたくあります。いまわずかに『北村太郎詩集』『続北村太郎詩集』（思潮社・現代詩文庫）があるのみ。できるならばそのうちに本文庫の棚に愉快犯太郎の選詩集が並べられるといいのですが。

正津 勉

＊本書は一九九三年に当社より刊行された著作を文庫化したものです。

草思社文庫

センチメンタルジャーニー

ある詩人の生涯

2021年2月8日　第1刷発行

著　者　北村太郎

発行者　藤田　博

発行所　株式会社 草思社

〒160-0022　東京都新宿区新宿1-10-1
電話　03(4580)7680(編集)
　　　03(4580)7676(営業)
　　　http://www.soshisha.com/

本文組版　有限会社 一企画

本文印刷　株式会社 三陽社

付物印刷　株式会社 暁印刷

製本所　加藤製本 株式会社

本体表紙デザイン　間村俊一

ISBN978-4-7942-2499-6　Printed in Japan